琼瑶

作品大合集

还珠格格

第二部 4

浪迹天涯

琼瑶 著

作家出版社

琼瑶，本名陈喆，作家、编剧、作词人、影视制作人。原籍湖南衡阳，1938年生于四川成都，1949年随父母由大陆赴台生活。16岁时以笔名心如发表小说《云影》，25岁时出版首部长篇小说《窗外》。多年来笔耕不辍，代表作包括《烟雨蒙蒙》《几度夕阳红》《彩云飞》《海鸥飞处》《心有千千结》《一帘幽梦》《在水一方》《我是一片云》《庭院深深》等。

多部作品先后改编成为电影及电视剧，琼瑶也因此步入影视产业。《六个梦》系列、《梅花三弄》系列、《还珠格格》系列等，影响至深，成为几代读者与观众共同的记忆。

琼瑶以流畅优美的文笔，编织了众多曲折动人的故事。其作品以对于梦的憧憬和爱的执着，与大众流行文化紧密结合，风靡半个多世纪，成为华文世界中极重要的文学经典。

我為愛而生，我為愛而寫
文字裡度過多少春夏秋冬
文字裡留下多少青春浪漫
人世間雖然沒有天長地久
故事裡火花燃燒愛也依舊

瓊瑤

第一章

街上还是群情激昂，群众一直在喊着叫着：

"格格不死！千岁千岁千千岁！格格不死！千岁千岁千千岁……"

囚车的队伍已经停顿，监斩官有意在等乾隆的旨令，故意拖延时间。

小燕子依旧挥着手，跳着，叫着……

紫薇忽然在人群中看到尔康、永琪、柳青、柳红了。她惊得浑身一颤，眼光就和尔康的眼光纠缠在一起了。尔康立刻用眼神递着讯息。刹那间，天地万物化为虚无。世界变成混沌初开的时候，什么人都不存在了，只有你我。在那一瞬间，两人的眼光已经交换了千言万语。

监斩官等待着，群众等待着，紫薇和小燕子等待着，尔康、永琪、柳青、柳红……等待着。终于，马蹄嗒嗒，那个领命而去的侍卫高举着一面黄旗，快马奔了回来。

所有的群众全部安静下来，大家都目不转睛地盯着那面黄色的旗子。

侍卫勒马停下，对监斩官大声地说道：

"皇上有令，立即处死两个人犯！杀无赦！"

尔康惊呆了，永琪惊呆了，柳青、柳红惊呆了。监斩官惊呆了，群众惊呆了。紫薇和小燕子也惊呆了。四周突然变得鸦雀无声了。

尔康、永琪等人，大家用眼神示意，沉重地一点头，豁出去了。

监斩官回过神来，对大队一挥手：

"快走！直接去法场！不要延误！"

大队立刻动了起来。群众大哗，又开始吼声震天：

"饶格格不死！饶格格不死！饶格格不死……"

小燕子这下知道，希望又落空了，伸手握住了紫薇的手，不笑了。

许多群众开始向囚车挤来，侍卫拿着木棍拦着激动的群众，不许众人上前。这时，宝丫头忽然从群众中飞奔而出，追着囚车凄厉地大喊大叫：

"小燕子姐姐！紫薇姐姐……小燕子姐姐！紫薇姐姐……你们不可以死啊……回来呀……回来呀……"

宝丫头这样一喊，就有好多孩子纷纷跑了出来，追着囚车大叫：

"小燕子姐姐……紫薇姐姐……小燕子姐姐……紫薇姐姐……"

小燕子惊喊着："是宝丫头！还有小豆子！小虎子……大宝、二毛……哎！整个大杂院的孩子都来了！"就忍不住挥着帕子大叫："宝丫头！小豆子！小虎子……大宝、二毛……"

孩子们疯狂地喊：

"小燕子姐姐……紫薇姐姐！"

紫薇挥着帕子大喊：

"回去！宝丫头，带大家回去！不要看我们砍头……大家都回去！听紫薇姐姐的话……砍头不好看啊……不要看呀……"

官兵、侍卫、前驱队伍又被这些孩子惊动了。侍卫就去驱赶孩子：

"哪儿来的孩子？赶快让开！砍头有什么好看？不要挡着路，快让开……"

孩子们哪儿肯听，拼命去追囚车，大叫不停。紫薇生怕孩子受伤，对侍卫大喊：

"请不要伤到孩子！各位好汉，手下留情啊……"

场面被孩子一闹，顿时混乱起来。激动的群众就纷纷拥上前去，喊着，叫着：

"为什么要杀'民间格格'？不可以杀'民间格格'！格格千岁千岁千千岁……"

尔康、永琪、柳青、柳红四人彼此一看，大家将脖子上的黑巾一拉，遮住口鼻。尔康大声说道：

"此时不上，更待何时？"

尔康就飞身而起，直冲囚车。永琪、柳青、柳红立刻回应，四人拔出腰间匕首、长剑、九节鞭等武器，迅速地打倒了几个侍卫，往囚车扑了过去。侍卫大叫：

"有人劫囚车啊！看守人犯要紧！"

侍卫长剑出鞘，和尔康等人大打出手。

围观群众更是哗然，挤来挤去，个个摩拳擦掌，鼓噪着：

"打呀！打呀……救格格呀！打呀……救格格呀……"

孩子们还在尖叫"小燕子姐姐，紫薇姐姐"，场面大乱。

尔康、永琪、柳青、柳红打得天翻地覆，但是，侍卫个个武功高强，四人一时之间还是无法攻上囚车。

就在这时，一个浑身黑衣、黑巾蒙脸的人，飞越过众人头顶，直奔囚车。同时，另外一个浑身黑衣的蒙面人，从另外一个方向，也飞向囚车。两人手里都拿着剑，前者迅如闪电，后者快如疾风，双双飞扑而至。只见长剑寒气森森，寒光闪闪，像闪电般指向众侍卫，转眼间，侍卫们伤胳臂的伤胳臂，伤腿的伤腿，乒乒乓乓倒了一地。

两个黑衣人就双双跃上囚车，勇不可当，挥剑连砍两下，紫薇和小燕子的脚镣手铐应声而断。

小燕子和一个黑衣人的眼光一接，惊喜地喊：

"箫剑！"

紫薇和另外一个眼光一接，也惊喊：

"蒙丹！"

来人正是箫剑和蒙丹。两人喊道：

"跟我走！"

箫剑就一手捞起小燕子，蒙丹就一手捞起紫薇，四人飞身而去。

尔康等人惊喜交集地看着这一幕，真是天助我也！尔康立刻喊：

"不要恋战！大家撤！"

尔康等人就三下两下打倒身边侍卫，急忙施展轻功，追着箫剑、蒙丹而去。

监斩官大惊，勒马奔来，大叫：

"赶快去追犯人呀！追呀！"

侍卫、官兵就纷纷追去。奈何群众兴奋得手舞足蹈，大家全体挤上前来，故意拦住追兵的路。众追兵被群众困得手忙脚乱。

就在这一团混乱中，箫剑带着小燕子、蒙丹带着紫薇，脚不沾尘地飞奔进了树林。尔康、永琪、柳青、柳红跟着奔来。

只见林子里停着一辆马车。有个双目炯炯的庄稼汉正坐在驾驶座上，神情专注地等待着。蒙丹回头对尔康等人喊道：

"大家快上马车！车夫是老欧，自己人！"

马车门开着，蒙丹带着紫薇跃上车，箫剑带着小燕子跃上车。柳青、柳红、尔康、永琪就全部跃上马车。

车门还没关好，老欧已经飞快地驾着车子离开。

"驾！驾！驾……"

车内，众人惊魂未定，却惊喜地互视着。大家已经把蒙面的黑巾取下。尔康不敢相信地看着蒙丹和箫剑，问：

"是谁准备的马车？这么周到？"

"除了箫剑，还有谁？自从会宾楼出了事，他就在计划怎么救人！”蒙丹说。

小燕子摸了摸自己的脑袋，忽然有了真实感，欢声地大叫大跳起来。

"哇……我的脑袋还在！哇……我们没有死！紫薇！"她疯狂地摇着紫薇，"我们还活着！全世界的人都跑出来救我们！蒙丹、箫剑，还有大杂院的老老小小……"

紫薇眼睛发亮，激动地说："是啊！这是怎么一回事？太多的意外，我简直承受不起了！"她看看蒙丹，又看看箫剑："你们怎么都来了？"

永琪急忙拉住小燕子：

"小燕子，别跳别跳！这辆马车已经超载了，你再跳，万一把车子跳垮了，那就太冤了！好不容易从断头台上把你们抢救下来，别摔了车！"

小燕子的脸孔因兴奋刺激而涨得红红的，哪里安静得下来，嚷着：

"太刺激了！太过瘾了！师父，你怎么还在北京？我以为你老早就到了六河沟还是七河沟了！含香在哪里？你跑来救我们，含香安全不安全啊？还有箫剑，你为什么要骗我？你武功已经到了那个'神仙画画'的地步，为什么说你不会武功？你那个剑法是怎么练的？你飞上囚车的时候，我只看到你唰唰唰唰几下，就把一排人打倒了，怎么会这样神呢？我太佩服了，佩服得'五个身体都摔到地下去了'！哇……好刺激好紧张啊……"

尔康打断了兴奋的小燕子：

"现在，我们在往哪儿跑呀？"

"往一个安全的地方跑！"萧剑微笑地说。

"蒙丹和萧剑会来帮忙，实在太意外了，你们有谁可以告诉我，这是怎么回事？"柳青问，又是震惊，又是欣喜。逃走的蒙丹会回来，不会武功的萧剑居然是个中翘楚，实在太离奇了。

"说来话长，慢慢再说吧！"萧剑说。

车子往前急驰。

"我们的行李、马车都在帽儿胡同！事情闹得这么大，恐怕不能去帽儿胡同了！"柳红看着尔康。

"你们也有逃亡的准备了吗？不是不能去，要等天黑才能行动！"萧剑说。

"萧剑，"尔康盯着萧剑，"你真是深藏不露，这样子飞出来救人，带给我们太大的惊喜，太大的震撼！"

"你们才带给我太大的震撼！"萧剑一笑，"每个人为了彼此，都可以拼掉自己的命！紫薇和小燕子这两个格格更是让人刮目相看！刚刚在囚车上，我算是见识了所谓'格格'的风度，要上断头台的人，还能谈笑自若、引吭高歌，实在不简单！"

紫薇脸色一沉，恻然地说：

"不要再提'格格'两个字，那两个字对于我们，是毫无意义了！那已经变成一个历史、一个故事、一个回忆和一个惨痛的经验了！"

尔康听得好心痛，就把紫薇的手一握，深深地看着她说：

"成为历史的，岂止你们两个的'格格'？还有永琪的'阿哥'、含香的'香妃'、我的'御前侍卫'！柳青柳红的'会宾楼'、蒙丹的'新疆'。至于萧剑……"就凝视萧剑："当然也有萧剑的历史！"

萧剑大笑起来：

"是！没有'历史'的人生，是乏味的！如果现在有酒，我一定和大家干一杯！为大家的'历史'干杯！为大家的'故事'干杯！这世界上有两种人，一种人'制造故事'、一种人'看故事'，我何幸认识了这么多'制造故事'的人，觉得'与有荣焉'！"

小燕子逃出了死亡，就兴奋得不得了，神采飞扬地喊着：

"什么'鱼有浓烟'？鱼冒烟一定是烤焦了！想到烤鱼，我现在就觉得肚子饿了，真想吃东西！自从关进监牢，我还没有吃过什么东西呢！就算烤焦的鱼，我也会吃得连骨头都不剩！"

萧剑看着小燕子，不禁大笑：

"鱼有浓烟？好极了！还珠格格，我服了你了！"

"你又会武功，又会骗人，我才服了你呢！"

永琪看着欢笑的小燕子，看着车外飞驰倒退的树林，知道那个属于"阿哥"的年代，已经正式结束，心里不能不涌上一阵惆怅，感慨地说：

"从此以后，我们就和以前的生活告别了！"

尔康震动着，也深深地明白，自己的锦绣前程，也从此结束了。他看看紫薇，洒脱地接口：

"告别了也好，告别了过去，才能创造未来！"

"好一个'告别了过去，才能创造未来'！"永琪说，"看样子，我们要集体创造未来了！"

"未来万岁！"小燕子高举着双手欢呼。

永琪看着这样高兴的小燕子，忍不住跟着笑了。

尔康看着紫薇，满眼的深情和坚定。从此之后，海角天涯，他们只有彼此了。紫薇迎视着他的眼光，深深刻刻地看进他的内心深处。他们就这样对看着，再也没有顾虑，再也没有保留，完全放任自己的眼光，去透露心底最深刻的柔情。

马车疾驰着，出了阜成门，已经是郊区了，再跑了一阵，车子驶进了一个农庄的院子。

院子里有几个农妇用布巾包着头，拿着耙子，正在晒谷子。

马车踢踢踏踏进来，农妇们抬头看了看，其中两个就奔上前来。

老欧跳下车，车门打开，众人纷纷下车。萧剑说：
"这里是老欧的农庄，我们藏在这儿，安全极了！"

一个农妇一把抓住了紫薇和小燕子的手，惊喜地大叫：

"紫薇！小燕子！他们把你们救出来了！我担心得不得了……"

紫薇、小燕子、永琪、尔康、柳青、柳红定睛一看，不禁脱口惊呼：

"含香！"

紫薇和小燕子就拉着含香的手又叫又跳，惊喜交集。

"含香！你怎么还在北京呢？"

"是啊！我们不是把你们已经送到石家庄了吗？"柳青困惑极了。

"你这样一打扮，我简直认不出是你！"柳红说。

小燕子用手揉着眼睛。

"哇！我是不是在做梦呢？以为今天脑袋会和脖子分家，不知道会惨成什么样子，谁知道，不但脑袋没掉，还和所有的人见面了！我太高兴了！"就放声大叫，"哇……活着真好！"

蒙丹急忙喊：

"别叫别叫！赶快进屋里去！不要以为已经安全了，这儿，追兵还是会搜捕过来的！小燕子，你注意一点！我们现在是一群逃犯！可不是享有特权的格格、阿哥了！"

萧剑就介绍说：

"这是老欧，这是欧嫂！老欧是我的老朋友了。"

老欧和欧嫂就上前招呼众人：

"老欧见过各位！"

"大家辛苦了！赶快去屋里坐，我已经准备了一点酒菜，乡下地方，没什么好吃的，大家随便吃吃，一定都饿了！"欧嫂笑吟吟地说。

尔康握住老欧的手：

"谢谢你们，素昧平生，竟然这样援助我们！"

"说哪儿话？萧剑是我们夫妻的救命恩人，萧剑的朋友，就是我们的朋友！"老欧义气地说。

含香就急急地打断大家：

"快进去！快进去……我们已经准备了衣服，大家先换衣服要紧！万一有人搜查，我们大家在装扮上就露了相！有话，进去再说！"

大家就急急地进了房间。

含香把紫薇、小燕子、柳红带进卧房。只见床上已经放着好几套农妇的衣服。

"来来来！大家都打扮成农家妇女的样子，如果有追兵进来搜捕，大家全体去外面晒谷场晒谷子，知道吗？"含香说。

"知道！知道！这个太简单了，就像当初全体当萨满法师一样！当萨满法师还要念咒，挥舞伏魔棒！这个只要挥挥耙子就可以了，简单！"小燕子兴奋地嚷着。

含香帮着大家换衣服，改装，几个女子都有一肚子的问题，一面换衣服，一面就兴奋地问着各种问题。

"含香，你们到底是怎么回事？不是已经往南跑了吗？"紫薇问。

"你们不知道，都是那个箫剑，他真是一个好聪明的人！他给了我们三个锦囊，要我们到了石家庄再看！事实上，柳青、柳红一离开我们，我们就觉得很不对劲，心里一直不安，就怕你们大家出事！如果为了我们让你们送命，我们以后怎么可能活下去呢？结果，打开第一个锦囊一看，上面写着老欧的地址和一句话：'如果不放心他们，就到老欧那儿等消息！'我和蒙丹，干脆把三个锦囊都拆了，第二个写着：'放弃云南，随便选择一个方向去走，免得他们有人落网，吃不消严刑拷打，把你们的路线招出来！'"

"他想得好周到！"紫薇惊呼，"连他自己，都不要知道你们的下落！那个云南大理，原来是他在故布疑阵！我就说，这条路，未免选得太远！原来，他已经想好，假若有人招了，会把追兵一路引到云南去……哇，好高明啊！"

小燕子已经等不及地追问道：

"第三个锦囊写的是什么呢？"

"第三个写着：'最危险的地方，就是最安全的地方。含香已经不香了，何不冒险回北京？在北京藏上一年半载，等到风平浪静，再选择去向！'"

"他真是聪明啊！皇上一定以为你们远走高飞了，会派兵去城外找，不会在北京城里找！"柳红折服地说。

"我们看了，立刻选择了第一个锦囊的办法，到了这儿。没多久，萧剑就来了，告诉我们，你们大家出了事，要蒙丹留下，帮他一起劫狱！那时候，还不知道五阿哥和尔康会逃出来……他们计划了一大堆劫狱的办法，预备要闯进皇宫呢！"

大家在谈话中，紫薇、小燕子、柳红已经换好了衣服，全是荆钗布裙、农家装束。彼此互看，都有些认不出来了。含香再拿了包头的头巾，给三人扎上。小燕子指着紫薇，笑着说：

"完全变了一个样，我猜，就算皇阿玛站在你面前，也认不出你来了！"

一听到"皇阿玛"三个字，紫薇脸色一沉，笑容完全消失了。

这时，门外有人敲门，箫剑的声音响了起来：

"衣服换好没有？'鱼有浓烟'已经烤好了，有没有人想吃啊？"

"哇！可以吃东西了！"小燕子欢呼，"经过砍头以后，还有嘴巴可以吃，实在太好了！大家赶快去吃东西吧！"

大家到了餐厅，就看到穿着粗布衣裳的尔康和永琪，小燕子从来没有看过两人这样打扮，觉得新鲜极了，看着大家，又看自己，一直笑个不停。紫薇看到尔康和永琪都变成了普通老百姓，想着那个绿瓦红墙，那个宫廷，知道自己和小燕子影响了尔康和永琪的一生，就有些怔忡起来。而且，此时此刻，大家都团聚了，却少了一个人！金琐呢？她在哪儿呢？紫薇一想到金琐，神色就黯淡了，面对着一桌子的菜，也食不下咽了。

大家围着桌子坐下，桌上虽然是粗茶淡饭，也是非常丰盛。

欧嫂照顾着大家："大家肯定饿了，多吃一点！"忙着帮每个人布菜。

"欧嫂，你坐下来，不要管大家了，他们自己会照顾自己！如果吃饭还要你这么照顾，以后的日子怎么过？他们一个个，都不是金枝玉叶了！"箫剑沉稳地说。

"就是！就是！你不要管我们，我们会把自己喂饱的！没有人会跟你客气！"小燕子含着食物，口齿不清地嚷嚷。

永琪看着农妇打扮的小燕子和紫薇，叹口气说：

"真是料想不到呀！没多久以前，她们两个还在囚车上等着要被砍头！现在，居然活蹦乱跳地在这儿吃东西！"

老欧拿了一壶酒来：

"为了庆祝两位姑娘重生，喝一杯吧！不是好酒，马马虎虎可以喝！"

"老欧，你真是我的知己！"萧剑大乐，"此时此刻，最需要的，就是这杯酒了！"就给每人都斟满了杯子。

尔康急忙提醒大家：

"都不能醉，追兵随时都可能出现，维持清醒是第一原则！为了庆祝，我们就小小地喝一杯吧！"

柳青就兴高采烈地举杯，说道：

"大家千岁千岁千千岁！"

"不用'千岁千岁千千岁'，长命百岁就可以了！"柳红笑着说。

大家死里逃生，又是别后重圆，说不出来地兴奋，就举杯相碰，全部欢呼：

"大家都长命百岁！"

紫薇不想让大家扫兴，勉强喝了一口酒，看着大家，真是人人团聚了，连蒙丹和含香都亲亲密密地在一起。金琐呢？她从小照顾着自己，陪伴着自己，当自己痛苦时，她在旁边安慰；当自己有难时，她在一起分担。但是，自己给了金琐什么？连尔康这个承诺，都取消了，还连累她一再受苦。现在，大家坐在这儿喝酒，金琐却戴着脚镣手铐，戴着木枷，跋涉在去蒙古的旅途上。想到这儿，就更加难过了。

小燕子大难不死，一时之间，想不到金琐。她高兴得不得了，喊着：

"好香的酒！好好吃的菜，好有味道的饭！哇！人生最大的幸福，就是'有脑袋'，以前，我真是对不起自己的脑袋，都没有好好地重视它！"

"你一张嘴，又要吃，又要喝，又要说……累不累？"永琪问。

"不累不累，昨晚，晴儿、令妃娘娘来救我们，差点就把我们救出去了！偏偏皇后赶到，阻止了令妃娘娘的计划！我恨得牙痒痒，皇后还对我说：'等到你的脑袋跟脖子分了家，看你还用哪个嘴巴去说！'现在，我的脑袋没有跟脖子分家，嘴巴依然有用，我就太得意了！聒噪一点，各位包涵了！"

众人全部笑了起来，唯有紫薇捧着饭碗，食不知味。

尔康看到紫薇食不知味，就也不安起来，不住地看紫薇。

小燕子兴奋地看着萧剑，开始"审问"起萧剑来：

"萧剑！我问你！你以前是什么意思？两次和我比武，都故意在那儿左摔一跤，右摔一跤，演得跟真的一样！你藐视我啊？耍我啊？看不起我啊？"

萧剑笑了，凝视小燕子：

"武功要在紧急的时候用，不是用来玩儿的！你抢我的剑，摆明要和我玩玩！既然是玩玩，就不能认真了！如果看不起你，今天还会去劫囚车吗？"

小燕子心情太好了，兴奋地看着大家：

"我们全体拜把子，好不好？今天就拜，好不好？难得都是'要头一颗，要命一条'的人，又都是'头也不掉，命也不丢’的人！你们常说的两句话，我记不起来了，我有两句话，‘同是脑袋不掉人，相遇何不就结拜’？”

众人全部大笑。

紫薇笑不出来，勉强扒了两口饭，实在忍不住眼泪一掉，匆匆地站起身来：

“对不起！你们大家吃，我吃不下，我到院子里透透气！”

紫薇就用手捂着嘴，跑出门去。

大家都呆住了。尔康跟着跳了起来：

“你们吃！我去陪着她！”

紫薇奔到院子一角，站住了，用手拼命擦眼泪。

尔康跑过来，激动地握住了她的手，急急地说：

“我答应你，我一定会把她救出来！你知道，我的时间实在太紧迫了！你们两个要砍头，我们只能先管你们！现在，你们已经脱离险境，我下一步棋，就是去营救金琐了！你想，我怎么会把她忘记呢？我已经打听过了，到蒙古有两条路，一条经过察哈尔，一条经过绥远！金琐被流放到蒙古最北边的‘肯木毕齐尔’，所以，官兵的路线一定是走西北边的绥远！我已经研究过地图，也打听了那条流放的路线……等我吃完这餐饭，我就带着柳青、柳红去营救她！”

紫薇掉头看尔康，眼睛发光了。

“你知道我在想什么！”

尔康深深地看着她：

“经过了这么多‘生生死死’，如果我还看不出你的心事，那我还有资格成为你的尔康吗？”

“那么，我还有其他的心事呢？”

“放不下令妃娘娘，放不下晴儿，放不下我的阿玛和额娘！”

紫薇深吸了一口气：

“是！你已经看穿我了！我们集体一跑，丢下的摊子好大！我想到今天在囚车上，老百姓都为我们请命，监斩官都心软了。但是，侍卫快马奔来，传递皇阿玛……不，不是‘皇阿玛’，是‘皇上’的命令，仍然非杀我们两个不可！这样寡情、这样绝情……他会饶了令妃娘娘和晴儿吗？会放过你的阿玛和额娘吗？我觉得太不安了！”

“我和你一样不安，我们不妨在这儿住几天，就像箫剑说的，最危险的地方，就是最安全的地方！我们先藏在这儿，看看大家是不是都没事，如果确定大家都没事了，我们再开始‘浪迹天涯’，好不好？”

紫薇深深地看着尔康，幽幽地说道：

“尔康……你真的选择了我？”

“你这话什么意思？”尔康一愣。

“我已经不是格格了，舅公舅婆把我的身份彻底否决了，我到底是谁，自己都不知道！你真的选择了我？把你的前途、爵位、父母、家庭……一起抛掉，你不会后悔吗？我们一直在患难之中，几度出生入死，会给你一种错觉，好像我是得来不易的！等到有一天，我们过着平凡日子，大家都老了，所有的神话色彩全部消失……那时候，你会不会后悔你的选择？”

尔康把她的手紧紧地一握，有力地说：

"是！我选择了你！不管为你抛弃了多少东西，你值得！我永远不会后悔！当我们老了的时候，你还是我最美丽的'神话'！"

紫薇眼里充泪了，感动至深地看着尔康。

这个时候，宫里已经乱成一团。

"两个丫头被武林高手劫走了？全城老百姓帮忙她们逃走？老人小孩全体出动，追着囚车跑？这是真的，还是一个笑话？"乾隆震惊地问。

监斩官带着侍卫，一排人跪在延禧宫前。监斩官发抖地说：

"启禀皇上，一点也不假！侍卫官兵都亲眼目睹，臣实在不敢说谎！当时一片混乱，所有的老百姓都高叫着'民间格格不可杀，格格千岁千岁千千岁'！情绪激昂，几乎要和侍卫冲突起来。那些武林高手，趁机飞上囚车劫囚，个个势如拼命，锐不可当！臣又怕伤到孩子，又怕伤到老人，又怕伤到无辜的老百姓，顾此失彼，丢了人犯！臣罪该万死！"

乾隆听得匪夷所思，眼睛瞪得好大。站在乾隆身边的令妃在震动中松了一口气，眼睛湿润了。

"她们两个居然有这么大的力量？让全城为她们请命，还有高手为她们拼命？有多少武林高手？"

"好多好多！总有十几二十个！"监斩官立刻夸张地说，"高手中好像还有五阿哥和福大爷！因为他们两个的身手和体形，很多侍卫都认得！但是，臣不敢确定！"

乾隆震惊，勃然大怒。

"永琪和尔康！"就大声一吼，"你们有没有去追捕逃犯？"

"有有有！臣已经下令，全城搜捕！但是，只怕两位格格有高人保护，又有全城老百姓掩护，搜捕十分困难……"

"什么搜捕困难？你们给我一家家去搜也要把他们全体抓回来！这样公然和朕作对，简直成了一群强盗土匪！你去传鄂敏过来，要他赶快派兵，去城外追捕！"

"喳！臣遵旨！"

监斩官狼狈地爬起身子，躬身而退。乾隆又大喊：

"回来！"

"臣在！"监斩官赶紧回来。

"把他们活捉回来，知道吗？朕要亲自审问他们！"

"臣遵旨！"

监斩官带着侍卫匆匆而去。

令妃见监斩官走了，就急忙上前，对乾隆急促地说：

"皇上！她们逃了，就让她们逃吧！何必再苦苦追捕呢？"

乾隆眼睛一瞪，对令妃喝道：

"你这说的是什么话？你口口声声向着那两个丫头！她们欺骗朕，玩弄朕，现在，还发动全城的老百姓来反抗朕！居然有高手劫囚车，把她们救走！朕被这几个孩子弄得声誉扫地，尊严尽失，你还帮着她们说话？"

"皇上啊！"令妃含泪诚挚地说，"那么，你真的希望，现在监斩官捧着紫薇和小燕子的首级，来向你报告说'任务已经完成，两位格格首级在此'吗？"

　　乾隆脸色骤变，顿时哑口无言。令妃看着他的脸色，再真挚地说：

　　"皇上！臣妾知道你有多恨、有多气！但是，臣妾也一直知道，在皇上的内心深处，有一份让人感动的热情。今天，臣妾听到两位格格逃走了，确实松了一口气，如释重负。因为，臣妾真是胆战心惊，就怕看到的是两位格格鲜血淋漓的脑袋啊！"

　　乾隆震撼着，看着她不说话，她就含泪继续说道：

　　"皇上啊！人在激怒之中，所作所为，不一定是出于本性！人在危急之中的所作所为，也不一定是出于本性！你无心杀格格，却下令杀格格！尔康、永琪无心反抗你，却势必反抗你！"

　　乾隆有些迷惘起来，令妃的话，字字句句，打进他的内心深处，他不禁自问："是啊！难道朕宁愿看到两个丫头鲜血淋漓的脑袋吗？难道朕真的要她们身首异处吗？"

　　乾隆正在理不清自己混乱的思绪，太后得到消息，带着皇后和晴儿，急急忙忙地赶来了。令妃赶紧请安：

　　"老佛爷吉祥！皇后娘娘吉祥！"

　　太后昂着头，急冲冲地问：

　　"皇帝，我刚刚听到侍卫们传言纷纷，说小燕子和紫薇被五阿哥和尔康救走了！是不是真的？"

　　乾隆一叹：

　　"朕也刚刚得到消息，两个丫头确实被人救走了！是不是永琪和尔康劫走的，还不能肯定！"

晴儿深深地叹了一口气，和令妃交换了一个安慰的注视。

"这还得了？"太后大怒，"居然有老百姓撑腰，这不是反了吗？皇帝的尊严何在？威信何在？这两个丫头，居然鼓动了全城的老百姓造反！皇帝！你可不能让她们逃掉！我觉得，福伦一定知道内幕！不妨先把福伦夫妻两个拿下！"

令妃大震，脸色惨变，急忙往前，痛喊道：

"皇上请明察！福伦夫妻二人和我们一样，什么都不知情！孩子们做的事情，长辈经常都到最后才知道！"

皇后用锐利的眼光看了令妃一眼。

乾隆情绪复杂，有意包庇，烦恼地说：

"皇额娘！这事还是让儿子来处理吧！"

皇后就向前一步，说：

"老佛爷！皇上！臣妾有一件事，不知道是该讲，还是不该讲？"

"你觉得不该讲，就别讲了！"乾隆心烦意躁地说。

"如果事情严重，有什么该讲不该讲？皇后但说无妨！"太后狐疑地看看皇后。

皇后就看了看了晴儿和令妃一眼，清楚地说：

"昨晚臣妾就怕两个丫头捣鬼，曾经到大内监牢走了一趟，谁知，在大内监牢，却碰到了两个人，说是奉皇上和老佛爷的命令，去给两个丫头送行！臣妾当时觉得很奇怪，也不曾追究！但是，今儿一早，听说尔康离奇失踪了！再回想起来，这事实在有些凑巧！"

"什么？"太后大惊，"奉我的命令，给两个丫头送行？

我什么时候有这种命令？居然敢假传太后懿旨？简直可恶！这是谁？快说！”

晴儿看了令妃一眼，知道遮掩不住了，就勇敢地走了出来，在太后和乾隆的面前跪下了：

“老佛爷，皇上！皇后娘娘说的，是我和令妃娘娘！”

“什么？你和令妃？”乾隆喊。

“是！我们昨晚确实去了大内监牢，探望过紫薇和小燕子！”晴儿坦白地说着，哀恳地看看乾隆，再看看太后，“皇上、老佛爷！对不起，我们实在没有办法在两位格格临死之前，不去看她们一下！这些日子以来，老佛爷心里也明白，晴儿对两位格格，已经有了深厚的感情！令妃娘娘更是把她们当亲生女儿一样！她们要死了，我们去给她们戴上簪环，化一点妆，换一身衣服，让她们死的时候，不要太狼狈、太难看！请皇上和老佛爷体恤我们的不忍之心！至于尔康怎么失踪了，我们一点也不知道！”

“晴儿！”太后又惊又怒，简直无法置信，“你居然敢私下去见她们！你好大的胆子！还有令妃！”

令妃一颤，默然不语。晴儿就对太后磕下头去：

“老佛爷，晴儿是做错了！请老佛爷惩罚！晴儿自从看到活泼风趣的两位格格，被判斩首之后，觉得生命无常，祸福难料，已经不在乎自身的安危了！如果皇上不能原谅，就把晴儿关起来，或者斩首吧！但是，令妃娘娘对皇上一片真情，小阿哥还没满周岁，请皇上千万千万不要怪罪令妃！”

乾隆震动着，看了令妃一眼，令妃眼中含泪，不胜凄楚。

晴儿继续说道：

"晴儿斗胆说一句肺腑之言，香妃娘娘已经消失了，当初紫薇和小燕子说她变成蝴蝶飞走，其实是千方百计想顾全皇上的感觉，让皇上的失意减到最低限度！没想到弄巧成拙，让皇上怒上加怒！这件祸事，到今天为止，牵连的人已经够多！俗语说，'扯到鸡毛鸡骨痛，扯到叶子藤儿动'！希望这事不要牵丝攀藤，像滚雪球一样，越滚越大！那么皇上失去的人，就越来越多了！"

乾隆瞪着晴儿，被晴儿这几句话，深深地撞击了。

太后也看着晴儿，一脸的不可思议。

皇后急忙正色问道：

"这么说，难道尔康越狱，永琪逃走，两个丫头被劫，全体都不追究了吗？"

"谁说朕不追究？朕已经下令，全城搜查、出城追捕，势必把他们全体捉回来！但是，无辜的人，不要再牵连了！"乾隆大声说。

"那……谁作为内应，放走尔康和永琪，也不要追究了？"皇后问。

"如果说，昨晚去探监的人，就有放掉尔康的嫌疑，那么……皇后和容嬷嬷，岂不是也有嫌疑了？"晴儿振振有词地说，看着皇后。

皇后怒视晴儿。

乾隆心里，其实已经有数，看看令妃，看看晴儿，确实再也"输不起"这两个人，就一拂袖子，心烦意乱地说道：

"好了！都不要再说了！让朕安静一下行不行？"

众人全部安静了下去。

乾隆心里有数，太后心里也有数。

回到慈宁宫，进了大厅，太后就站定了，回头怒喊：

"晴儿！你给我滚进暗房里去闭门思过！"

"是！"晴儿屈了屈膝，回身就走。

"站住！"太后又色厉内荏地喊。

晴儿站住了。

"你告诉我，你这样千方百计地帮助那两个丫头，到底为了什么？"

晴儿抬眼看着太后，眼神里是一片真挚和坦白：

"老佛爷！因为她们两个，做了我想做而不敢做的事，过了我渴望而没有的生活！她们唤起我心底最深的热情，燃起我蠢蠢欲动的'叛逆'，那种'胆大妄为'和'不顾一切'，正是我心底的呼唤！紫薇，像是那个文学的我，小燕子，像是那个叛逆的我！她们两个，正是我的影子！或者，可以说，我是她们的影子！"

太后听得糊里糊涂：

"我一个字都听不懂！"

"我知道！"晴儿悲哀地说，"在我认识她们两个以前，如果有人告诉我，我会被这样两个姑娘收得心服口服，我自己也会不相信！"

太后怒气冲冲地嚷：

"我看！她们两个根本就是有病！你已经被传染了！"

"是！她们是一种病，这个病的名字叫作'热情'！对生命的热情，对爱情的热情，对朋友的热情，对理想的热情，对生活的热情，对梦想的热情，对诚实的热情……这种热情，确实带着传染力！我被传染了，传染得不可救药，病入膏肓了！"

"你不要跟我卖弄口才，说一些似是而非的话！我听不懂你这种怪话，你胆敢半夜三更假传我的懿旨，放走人犯！你是不是认为我离不开你，不敢惩罚你？不忍心惩罚你？"

"晴儿不敢这么想。只是……让晴儿将功折罪吧！"晴儿低头说。

"怎样将功折罪？"

"让我用我以后的生命，陪伴老佛爷，孝顺老佛爷吧！我将终身不嫁，为老佛爷奉献一生！"

太后一怔，不禁深深地看着她。

"那……你那份'蠢蠢欲动'的热情，要怎么排遣？"

晴儿一愣，眼泪夺眶而出：

"老佛爷……那是一种病，传染之后，有两个可能！要不然就是痊愈，要不然就是病死！我总是逃不掉这两者之一！好……我去暗房闭门思过！"

晴儿就傲然地去了。

太后竟被她的傲然震住了。

第二章

北京永定门外的郊道上，秋风飒飒，沙尘滚滚。

一排犯人，有男有女，有老有少，全部脚镣手铐，戴着木枷，正艰苦地、颠踬地前进。金锁也杂在这一排人犯之中，跟着囚犯们狼狈地走着。

官兵们拿着鞭子，不断地抽在众囚犯身上，穷凶极恶地吆喝着：

"走快一点！这样慢吞吞，走到明年也走不到蒙古！"

囚犯随着鞭子的声音，不断惨叫哀号。

金锁一步一个颠踬，满头的风沙和汗水，哀恳地说：

"官兵大爷！能不能给我一口水喝？"

金锁一说，就有好多囚犯向官兵哀求着：

"水……水……水！请给一口水……"

"水？又要喝水？这些水，还要支持到下一站呢！够不够我们喝都不知道，哪儿还有你们的份？都是你！啰唆什么？"

官兵说着，就一鞭子抽在金琐背上。

"哎哟！痛啊……"金琐哀声喊着。

"痛？痛就走快一点！"官兵又是一鞭。

金琐忍痛前进，看着天空，心里一片凄苦，心想，不知道紫薇和小燕子，是不是已经被砍头了？午时早就过了，说不定她们两个已经升天了，说不定她们正在天上看着她。她对着层云深处，极目四望，却什么都看不到。

走在金琐前面的一个老者，忽然支持不住，倒下了，嘴里呻吟着：

"水……给我一口水……"

"老伯，你怎样？"金琐急忙去扶，抬头看官兵，"请你们做做好事，给他一口水喝，他快晕倒了！"

"晕倒？抽几鞭子，就不会晕倒了！"

官兵的鞭子，就狠狠地对老者抽了过去。

"哎哟……哎哟……哎哟……"老者痛得打滚。

"你们怎么一点同情心都没有呢？"金琐忍不住喊，"难道你们家里没有老人，没有父母吗？为什么要这样残忍？大家不是都是人吗……"

"哈！还轮到你这个犯人来教训我？"官兵就一鞭子抽向金琐。

金琐想躲，没躲掉，脚下一绊，就整个人摔倒了下去。

"这个丫头故意的！起来！起来……"

官兵手中的鞭子，就雨点般落在金琐身上。

"不要这样啊……求求你们，不要打啊……"

金琐痛得满地打滚，脖子上的金链子，就滑了出来。一个官兵眼尖，喊道："这丫头脖子上还戴着金链子呢！"说着，伸手就去扯那条链子。

金琐大惊，急忙抓住链子，哀声大叫：

"不要抢我的链子！这是我家小姐给我的纪念品……这是她戴过的东西，我不能失去它……"

"什么纪念品？现在，它是我们的纪念品了！"官兵一把扯走了链子。

"还给我！求求你还给……"金琐大急，喊着，"那条链子不值钱，是我家小姐给我的呀……还给我……"她爬到官兵面前，还想抢回项链。

"身上藏着金链子，不知道还有没有值钱的首饰？"官兵对着金琐一脚踢去，嚷着，"赶快把身上值钱的首饰都交出来！快！"

"你们饶了我吧！哪儿还有值钱的东西？"金琐哭了。

"不交出来是不是？那……我们可要扒了你的衣服来检查了！"

金琐大惊，勉勉强强地爬了起来：

"不要……不要……"

众官兵贪婪地看着她，个个如同凶神恶煞。金琐恐惧地后退，脚镣手铐一路丁零当啷响着。官兵吼着：

"来！我们扒了她的衣服看看，她身上到底藏着多少好东西？"

众官兵就飞扑而下。

金琐拔腿就跑，惨叫着：

"救命啊……救命啊……救命啊……"

可怜她身上又是木枷，又是脚镣手铐，哪儿跑得动，才跑了两步，就又跌倒在地。她就手脚并用地往前爬。

囚犯们害怕地看着，谁也不敢动。

官兵们扑了过来，就动手开始剥她的衣服。金琐拼命扯住自己的衣襟，死命地挣扎，哀求着：

"各位大爷，饶了我……我真的没有值钱的东西……不要这样，你们杀了我吧……"

"杀你？我们活得不耐烦吗？你是钦犯，我们还丢不起呢……"哗的一声，她的衣袖，被整个扯掉了。

正在十万火急，有辆马车突然急驶而来。其实，这辆马车跟踪这个队伍已经很久了，一路上都有行人，不能下手，这时已到荒郊野外，马车就冲了出来。驾驶座上，正是尔康、柳青和柳红。

"不好！他们正在欺负金琐！停车！"柳红大喊。

尔康和柳青一拉马缰，马车停下。

官兵们听到声音，抬头张望。

柳青、柳红、尔康三人，像是三只大鸟一样，飞扑而至。尔康大吼：

"身为官兵，这样无耻下流！犯人也是人，你们简直是一群野兽！"

尔康声到人到，一脚踢飞了扑在金琐身上的官兵。

柳青看到金琐衣衫不整，气得脸都绿了：

"胆敢这样欺负金琐，我要了你的命！"

柳青扑了过来，拳打脚踢，打飞了其他几个官兵。柳红又打倒了好几个。

"金琐！不要怕，我们来救你了！"柳红边打边喊。

官兵们就大喊大叫起来：

"不好了！有人要劫囚犯！大家上啊！"

官兵们拔出长剑就和三人大打出手。柳青、柳红、尔康都锐不可当，打得虎虎生风，把一个个官兵全部打得飞跌开去，摔的摔，倒的倒。

金琐又惊又喜，从地上爬了起来，不敢相信地看着，声泪俱下了：

"尔康少爷！柳青！柳红……我是不是眼睛花了……"

众官兵哪里是三人的对手，打了一阵，知道打不过，就撒开大步，落荒而逃。三人志在金琐，也不追官兵，尔康奔到金琐身前，喊道：

"金琐！你怎样？"

"链子……链子……"金琐喘息地喊，"小姐给我的金链子……是太太留给小姐的，被他们抢走了……"

"抢了你的金链子？该死的官兵……"

尔康回头一看，看到一个官兵正握着金链子奔逃，尔康就追了过去，一拳打去，打倒了官兵，抢下链子，义愤填膺地说：

"紫薇贴身的东西，岂能让你抢去？"

柳青就奔向金琐，歉然地说："对不起，金琐，我们来晚了，让你吃苦了！"说着，一刀劈断了铁链、木枷。

金琐喜极而泣：

"柳青……我……我……"

金琐脚下一软，就倒了下去，柳青一把扶住，看到她衣衫不整，赶紧脱下自己的上衣把她裹住，抱了起来。柳红急忙喊：

"哥！赶快抱她上马车！"

"救救那些犯人……他们好可怜……"金琐指着那些犯人说。

"好！管他有罪没罪，全体逃命去吧！"尔康豪迈地说，"今天是'劫囚日'！'同是天涯被囚人，相逢何必曾相识'！"

尔康说着，就把犯人们的木枷、铁链，全部砍断。那些犯人真是想也想不到有这种好运，全体跪在地上，给尔康等人磕头，嘴里乱七八糟地喊着：

"英雄！好汉！救命恩人……谢谢！谢谢……"

尔康看着这些犯人，心想，怪不得《水浒传》会成为禁书，这"官逼民反，不得不反"的思想实在不容泛滥，想着，自己那个"御前侍卫"的责任感就开始作祟了，对大家脸色一正，严肃地说：

"大家逃命去吧！以后记住，千万不要再犯法！不要做坏事！如果做了坏事，落到我手，一定不饶！"

"是是是！"囚犯们磕头如捣蒜。

柳青抱着金琐，早就奔向马车。

黄昏时分，尔康、柳青、柳红把金琐救回来了，大家到了老欧的农庄。

柳红扶着金琐走进房门，紫薇就激动地尖叫起来：

"金琐！金琐……"

金琐一看到紫薇，就扑奔上前，和紫薇紧紧地抱在一起。

"小姐啊！"金琐稀里哗啦地哭了，"没想到还能见到你……"

紫薇拍着她的背，自己的泪，也滚滚而下：

"金琐……他们找到你了！我好害怕，怕他们找不到你！"

小燕子冲上前来，叫着：

"金琐！如果找不到你，我们已经做了最坏的准备，预备全体都去蒙古！一路上找你，绝对不让你一个人流落在那儿！"

金琐抬起头来，含泪去握小燕子的手：

"小燕子！又能听到你叽里呱啦地叫，我太幸福了！"

"怎么弄得这样狼狈？赶快进房里去，洗个澡，梳洗一下，换件干净衣服……"含香嚷着。

"香妃娘娘！你也在这里！"金琐惊喊。

"我们这儿没有'娘娘'，没有'格格'，没有'阿哥'，没有'御前侍卫'了！大家都喊名字，不要忘了！"永琪急忙提醒大家。

柳青就关心地喊道：

"你们几个，最好给她检查一下，她身上都是伤！那些官兵简直可恶极了，对她又打又抢又欺负！"

"我要杀了他们！"小燕子怒喊，看着尔康问，"你们有没有帮金锁报仇？有没有？"

"当然有，打得他们落花流水！"

"还好，我那个'跌打损伤膏'，都是随身带着！赶快进去洗洗干净，上药！"

尔康上前一步，递上那条项链：

"紫薇，还有你的项链，我从那些可恶的官兵手里抢下来！你娘留给你的东西，你还是收起来吧！"

紫薇接过项链，含泪看着尔康，眼里盛满了感激：

"尔康，谢谢你！找回了金锁，我的一颗心总算归位了！"

尔康对她深情地微笑着。

几个女子，就陪着金锁进房去梳洗上药了。

"现在，总算所有的人都到齐了！"永琪看到她们进房了，才叹了一口气，说，"以后，到底要怎么办，应该好好地计划一下了！"

"今晚，我要摸黑去一趟帽儿胡同，把大家的行李装备取来！再打听一下宫里的动静！"尔康说，"我很想回学士府去看看我阿玛和额娘！"

"我劝你不要冒险！"箫剑警告地说，"刚刚，你们去找金锁的时候，我进城去察看了一趟，现在，城里已经闹得满城风雨，官兵在挨家挨户找逃犯！如果要去帽儿胡同拿东西，我帮你去，毕竟，没有人认得我！"

"我看，我们还是越早离开北京越好！我们的情况和含香、蒙丹不一样！那些侍卫官兵，认识蒙丹和含香的人不多，可是，认识我们的人就多了！"永琪说。

"就是！所以，我认为我们应该分开，蒙丹和含香还是单独逃亡！我们这些人，是兵分两路，还是都在一起，也要商量一下！"尔康深思着。

"我想，含香是舍不得和你们大家分开的！"蒙丹说。

"尔康说得对！"萧剑正视着蒙丹，"舍不得也要舍得！如果我们大家全体在一起，第一，太引人注意！第二，有一个落网，就全军覆没！我们这样轰轰烈烈，又是变蝴蝶，又是越狱，又是劫囚车……现在还加上劫金琐！如果再被抓回去，集体砍头，那岂不是太不值得了？"

蒙丹脸色一正：

"那么，我和含香还是单独走！但是，我们去哪儿呢？"

"还是那句老话，不要告诉我们你去了哪里。走！就对了！"

"萧剑，你呢？还跟我们在一起吗？"尔康问萧剑。

萧剑一笑：

"我看，我送佛送上西天吧！你们这样一群人，我还真不放心！"

大家正在谈论，忽然，外面传来一阵乒乒乓乓的声音，大家全部紧张起来。

欧嫂突然冲了进来，急促地说：

"快快！大家躲起来！官兵来搜人了！谁去把含香她们叫出来！"

"我去！是不是去晒谷场？"尔康问。

"来不及了！他们已经进了院子，堵在那儿了，你们一出大门就会被捕！赶快，全体跟我来！"

小燕子紫薇她们匆匆从卧室里跑出来，欧嫂就带着大家奔向后门。原来，这个农庄还有个后院，院子里，放着好多坛子，有的是腌菜，有的是酿酒。院子角落里，还有一间破破烂烂的柴房。欧嫂带着这一群男男女女到了柴房外面，打开门，急急地喊：

"赶快！全体躲进去！"

萧剑一看，柴房那么小，哪儿容纳得了这么多人？就当机立断地说：

"我在外面把守！那些官兵不认得我！柳青、柳红，你们两个也不用进去！赶快去拿耙子、锄头……假装在工作！"

"这个地方行吗？门上都是大缝，对里面一看，就看见我们了！"小燕子说。

"没办法挑剔了！赶快进去！尔康，你们几个会武功的人注意了，如果不对劲，就只好出手了！"萧剑说，把大家往屋里推。

"我们知道！"尔康一拉小燕子，"快进来！"

所有的人就忙忙乱乱地挤进柴房，把柴房的门阖上。

萧剑和柳青、柳红赶紧拿着耙子、锄头、斧头等工具，砍柴的砍柴、整理院子的整理院子。欧嫂坐在一大堆酱菜坛子前面腌酱菜。

乒乒乓乓的声音从前面一直传来。老欧的声音不住地响着：

"各位军爷，你们到底在找什么？我是庄稼人，家里没什么东西！"

官兵在七嘴八舌地问：

"有没有看到几个年轻的男男女女？像这张图画里的样子！看看清楚！两个丫头、两个很漂亮的少爷……看到没有？看到没有？"

"没有！没有……喂喂，你们怎么可以随便往人家屋子里闯呢？"

柴房里，一半堆了柴，大家挤得简直无法透气。每个人都紧张得不得了，大气都不敢出。门缝好大，小燕子对外面张望，低声说：

"来了！来了……好多官兵都来了！"

"嘘！你就别说话呀！"永琪赶紧阻止小燕子，也凑在门缝对外张望。

紫薇搂着金琐、含香，好紧张。

尔康、蒙丹两人都握着腰间的武器，蒙丹带了剑，尔康带了九节鞭，蓄势待发。

柴房外，一队官兵气势汹汹地奔进后院，对萧剑、柳青、柳红看来看去。萧剑停止劈柴，镇定地抬头问：

"你们在找什么？"

柳青柳红也停止工作，故作好奇地看着官兵。

官兵拿着小燕子等人的画像，一个个地问：

"你们有没有看到这样几个男男女女？他们是朝廷重犯！如果你们敢把他们藏起来，给我们逮到，通通要砍头！"

欧嫂吓了一跳，赶紧伸头看那张图，敬畏地指着图问：

"他们是强盗还是土匪？做了什么案子？如果看到了，有没有赏金什么的？"

官兵神气地一抬头：

"问你们看到没有？谁要跟你们说故事？"

欧嫂就扬着声音问：

"小柱子的爹，你有没有看到这些人呀？"

"哪儿看过？我有那个命吗？"老欧没好气地说，"整天在田里看泥鳅看田埂看我自己的脚丫子！"

官兵东张西望，发现那间柴房了。

"这是什么房间，打开门给我们瞧瞧！"一个官兵说。

萧剑的手握紧了斧头，全神贯注。柳青柳红握紧了耙子锄头，也是全神贯注。

柴房里，大家紧张地彼此互视。小燕子摩拳擦掌。尔康、永琪、蒙丹全部备战。紫薇一手搂着含香，一手搂着金琐。老欧走到柴房门口：

"那是我家的茅房！可躲不了人，你们不嫌臭，我就打开给你们看！"

这时，欧嫂拿起一个酒坛，突然发出惊叫：

"哎呀！不好，这酒坛裂了一条缝，酿了一年的葡萄酒，别都给漏了，得换个坛子！"

说着，就啵的一声，打开了酒坛，顿时间，酒香四溢。众官兵精神一振，忍不住回头看。欧嫂拿着碗，倒了酒，自顾自地尝着、喊着："孩子的爹！这酒有点味儿了！快来尝尝……"一回头，看到官兵，就笑嘻嘻说道："军爷，要不要尝一尝？是我们自己酿的！今天天气有点凉，喝点酒可以暖暖身子！"

官兵吸着气：

"呵！这酒可香了！来！咱们也尝尝！"

欧嫂就好脾气地笑着，拿了几个碗来，嘴里"闲话家常"：

"在衙门当差，好玩不好玩呀？"

"有什么好玩，整天累死了！一家家找人犯，连影子都没有！"

官兵们一面说着，一面就喝起酒来。大家喝了酒，就忘记要看柴房了。对欧嫂也笑嘻嘻的，没有敌意了：

"好酒！好酒！再来一点！"

欧嫂倒酒，官兵们咂嘴咂舌，喝得不亦乐乎。

柴房内，小燕子等人紧张地等待着，小燕子看到那些官兵喝酒聊天，气得不得了，心想，糟蹋了一坛好酒！

官兵们终于放下碗，抹着嘴角，彼此招呼：

"大家走啰！还要干活呢！大婶，打扰了！"

"没关系！没关系！再来玩！乡下地方，难得看到这么多人！"欧嫂笑着。

官兵纷纷往外走，眼看危机快过去了，就在这个紧张时刻，小燕子鼻子里一痒，一个忍不住，阿嚏一声，忽然打了一个大喷嚏。

永琪大惊，急忙把她的嘴捂住，已经来不及了。

官兵们立即站住，回头看柴房：

"什么声音？有人在里面？"

萧剑、柳青、柳红全部变色。欧嫂机灵地一看，对柴房喊：“小柱子，你还要蹲多久呀？进去大半天了，你到底在干什么？”对官兵笑笑说：“我儿子！不知道是闹肚子呢，还是偷懒！每次要他干活，他就蹲茅房！”

柴房里，大家你看我，我看你，觉得需要呼应一下欧嫂，但不知道由谁发言好。小燕子就捏着喉咙，装成孩子的腔调，说话了。

“娘……”她拉长了声音，紧张中，竟然说了一句，“我忘了带草纸！”

大家一听，这是什么话？每个人都瞪着小燕子，恨不得把她掐死。

柴房外，大家也全部傻眼。难道小燕子要欧嫂开门送草纸不成？欧嫂不能不答话，笑得好尴尬，哼哼啊啊地说：

“忘了带草纸啊？你真笨……越大越笨了……嘿嘿……笨……笨……”

官兵倒没有怀疑，诧异地说：

“你还不给他送草纸进去？”

“是……是……草纸……我给他送草纸……”欧嫂傻笑着，吞吞吐吐。

柴房内，小燕子的眼睛瞪得好大，众人个个跟她伸拳头抹脖子，小燕子知道说错了话，急于更正，又捏着嗓子喊：

“娘……草纸找到了！”

欧嫂简直没办法接招，狼狈地说：

“哦……哦……找到了？有了吗？”

"有了有了……狗狗叼着呢！"小燕子说，说完，觉得不大对，赶紧学了两声狗叫，"汪汪！汪汪……"

大家目瞪口呆，个个都快要晕倒。

永琪一把捂着她的嘴，不许她说话了。

奇怪的是，那些官兵们居然没有疑心，大家笑了笑，彼此吆喝着走了。

官兵们一走，小燕子和众人冲出了柴房。

大家聚在一起，立即七嘴八舌地嚷了起来。尔康就对小燕子喊道：

"你真伟大啊！什么话不好说，说那么一句莫名其妙的话！'忘了带草纸'！你是不是就怕他们发现不了我们，还要人给你送草纸进来！"

"最奇怪的是，说有狗狗叼着草纸！怎么想出来的?"柳青问。

"最最奇怪的是，还去学狗叫，狗一叫，草纸不是又掉了?"柳红说。

"如果我不马上蒙住她的嘴，她说不定还会学猫和狗打架！"永琪说。

紫薇、金琐、含香揉着肚子。

"小燕子，我真的快要被你憋死了！"紫薇笑着说，"难得，刚刚逃过砍头，又被官兵追捕，还有这么刺激好笑的事！"

金琐笑得直不起腰来：

"我浑身都痛，紧张得要命，还要憋着笑，憋得肚子也痛了！”

小燕子睁大眼睛，一脸无辜相，振振有词地说：

“上茅房会发生的状况，我只想到一个是忘了带草纸……我总不能说，我是掉进茅坑了吧！我才说一句，你们个个跟我瞪眼睛抹脖子，才把我弄得心慌起来……那个狗狗叼东西，是很平常的事，为什么它不能叼草纸呢？”

“以后，你就别说话，也不许打喷嚏！”永琪说。

“打喷嚏都不许我打？”小燕子瞪着永琪，“你比皇阿玛还凶……”提到皇阿玛，她猛然咽住了。

“你们这个‘皇阿玛’三个字，一定要改掉！”蒙丹赶紧提醒。

“就是！要不然，只要一谈话，就露了行迹！”含香说。

紫薇一叹：

“这三个字，对我们已经那么熟悉，张口闭口，早就成了习惯，没有想到，今天要面对的，是把他从记忆里抹掉！”

“我建议我们提他的时候，找一个词来代替！”尔康说。

“他动不动就要砍人脑袋，我们给他取个绰号，叫他‘砍头帮帮主’！”小燕子眼珠一转，气呼呼地说。

永琪皱了皱眉头，到底提到的是他的“父皇”，怎能如此不敬？说：

“这多难听！他好歹是我爹！”

“你看，你还是忘不掉他是你爹！以后，我们必须把这一点也忘掉！”小燕子对永琪嚷嚷着。

“不要为难永琪了，人生，就有许多事，是你无法忘掉的！”紫薇插了进来，说的也是自己的心态，"尤其是自己的爹，他可以对我们不好，我们不可以对他不敬！"就想了想说："这样吧！皇帝是龙，但是，他这样对我们，他是一条睡着的龙，以后，我们就喊他'卧龙帮帮主'吧！至于皇宫，因为又称'紫禁城'，我们就说'紫城'！"

"卧龙帮帮主？真好听！紫薇，他要砍你的头，你心里还是对他好！"小燕子看着紫薇，"我就不行，我太不服气了！他要砍我的头，我才不让他当'帮主'！你说他是睡着的龙，我勉勉强强，就喊他'瞌睡龙'好了！那个'紫城'怪怪的，我说不顺口！我想，皇宫里面住着一大堆大囚犯、小囚犯、男囚犯、女囚犯！我看，干脆就喊它'囚犯城'好了！"

"那不成！"尔康说，"如果我们谈起皇宫，来个'囚犯城'……太别扭了！总不能说，记得我们在囚犯城的时候怎样怎样，给人听到，还以为我们全是逃犯呢！"

小燕子瞪大眼睛：

"我们本来就全是'逃犯'啊！难道你还以为我们是王子、公主吗？"

"这样吧！我们把那个皇宫，称为'回忆城'吧！那是我们大家的'回忆'了！"紫薇接口。

"这个好！'回忆城'，蛮美的！"萧剑说，"从前，有一个回忆城，城里，住着一个瞌睡龙……哈哈！很有意思！"

"好了好了！什么帮主、什么城、什么龙都可以！大家进房吧！现在要研究的，是怎么走。我看，这个北京城城里城外，都不安全！早走一天是一天，不要再连累了老欧和欧嫂！”柳青提醒大家。

“我们才不怕连累，就是再来一个‘忘了带草纸’，我就不会接招啦！”欧嫂笑着说，对这个“忘了带草纸”真是印象深刻。

再度逃过危机，大家心情良好，全部大笑起来。小燕子嘻嘻哈哈地说：

“你们不要笑我了，我看，如果没有我，你们大家就少掉很多快乐了！”

永琪由衷地喊：

“这句话倒是真的！你是‘弥足珍贵’的！”

永琪一用成语，小燕子又听不懂了，诧异地嚷：

“什么东西‘真贵’啊？那个什么猪真贵，咱们就不吃猪！吃‘鱼有浓烟’！总之是‘山不转人转，树不转水转’……”

“是‘山不转路转，石不转磨转’！”紫薇笑着更正。

“差不多！差不多，就那么一回事嘛！”小燕子嚷。

众人又哄堂大笑了。

第三章

　　大家回到房里，就开始讨论今后的计划和去向。看到连老欧的农庄都有官兵来搜查，大家心里都明白，除了"逃亡"，再也没有第二条路了。

　　"老欧这个农庄，刚刚被官兵检查过关了，就不会再有第二批官兵过来，所以，目前，这儿是安全的！"尔康说，"我们正好利用这两天，观望一下，也打听一下宫里的消息！如果阿玛、额娘、令妃娘娘、晴儿都没事，我们三天以后，就动身南下！"

　　小燕子很兴奋，不住口地追问：

　　"我们去哪里？去杭州好不好？听说那儿的风景美极了，好玩得不得了！连皇……不是，连'瞌睡龙'都很喜欢去！"

　　"你以为我们是去郊游还是旅行呀？我们是逃命啊！那些著名的城市，我们都不能够去！皇……龙找我们，也很可能从这些有名的城市下手！"永琪说。

"黄龙是谁？是派来找我们的大官吗？"小燕子睁大眼睛问。

"我没有办法像你那样没规矩，我不能称呼我爹是'瞌睡龙'，勉勉强强，我喊他'皇龙'吧！"

"好了！我们不要把话扯远！我和萧剑，已经决定了路线！我们去大理！那条给蒙丹的路线，仍然是最理想的一条路！那个'卧龙帮帮主'一定不会猜到我们跑到那么遥远和偏远的地方去！沿路有山有水，要藏身都很容易！"尔康认真地说。

萧剑就诚挚地接口：

"而且，那儿是我生长的地方，还有我的义父在那儿，我们不会变成举目无亲！生活也会比较容易！只是，这条路非常漫长，大家一定要有吃苦耐劳的精神！"

"这个你放心！在进宫以前，我和柳青、柳红，什么苦都吃过，也没饿死！"小燕子说。

萧剑仔细看小燕子，关心地问：

"你吃过很多苦吗？"

"可不是！有一顿没一顿的日子多着呢！冬天，连棉被都没有，冻得耳朵都快掉了！小时候，去偷柴火，被人打得半死！十岁的时候，被人卖到一个人家当丫头，那个主人好凶，每天要我做苦工，幸亏我会逃……"

"你被谁卖了？你还有家人？"萧剑听得出神，眼光深深地看着小燕子。

"不知道被谁卖了。大概是个坏蛋，捡了我去卖！要不然就是骗了我去卖！反正被卖了就对了！"

"怎么你以前都没说过？"永琪也听得出神。

"没人问过我啊！那么多事，哪里说得清楚？"

尔康咳了一声：

"好了，小燕子的故事，慢慢再说！我们现在要决定的，是兵分几路，我的意思是，蒙丹和含香一路，剩下我们八个，要怎样分组？"

"大家一路不好吗？为什么要分开呢？"含香不舍地问。

"不行！蒙丹和含香，一定要单独走！"箫剑看着蒙丹和含香，"现在，被小燕子他们一闹，弄得官兵挨家挨户搜查，北京已经不安全了！含香的身份特殊，万一被捉回去，又是羊入虎口！"

"就是！你们把握住好不容易得来的自由，赶快走吧！中国那么大，哪儿都可以容身！千万不要再被我们这一大群人拖累了！"紫薇跟着说。

"好！我们就听你们大家的话！"蒙丹决定了，"我们的行装，是已经准备好了的！过两天，我们就先上路！如果你们去大理，预备怎么走？"

"我们八个，可以分成两组……"尔康看着大家。

"这一定有困难！"金琐立即反对，"我和小姐不能分开，小燕子和五阿哥不能分开，尔康少爷和小姐不能分开，柳青柳红兄妹最好不要分开，小燕子和小姐又分不开……"

金琐话没说完，紫薇就拼命点头，说：

"金琐说得对！我们八个，最好不要再分开了！大家就是为了要在一起，才闯下那么多祸，如果还是四分五裂，怎么算是一个'家庭'呢？我们就'有福同享，有难同当'吧！何况，'单丝不成线，单木不成排'！团聚有团聚的力量！"

紫薇这样一说，小燕子就嚷着：

"就是！就是！紫薇说得对极了！我们不要再分开了，如果被抓到了！也是'有头一起砍，有血一起流'！"

小燕子说得豪迈，紫薇说得感性，大家都心有戚戚焉。

"既然紫薇和小燕子都这么说，我们就不要分开了吧？"柳青看着尔康。

其实，尔康心里，也是一百万个不愿意分开，只是理智地分析，似乎分开比较安全。现在，听到几个姑娘这样情深义重，就下了决心：

"好！我'从善如流'！就这么决定了，三天以后动身，我们这么多人，只好化装成一家兄弟妯娌，从北边搬家到南边的大家族！既然是大家族，衣着最好不要太寒酸。我们走嵩山南阳这条路，经过三峡去云南。蒙丹，如果你们也去云南，最好走洛阳均县金沙江那条路，我们以一年为期，看看能不能'殊途同归'！在大理见面！"

小燕子听到可以不分开了，就跳起身子欢呼道：

"好！就让'虫子'和'鳝鱼'一起'溜'，'兔子'和'乌龟'一起跑！大家在大理见面！"

"虫子鳝鱼？兔子乌龟？这是什么哑谜吗？"萧剑纳闷地问。

"'从善如流'和'殊途同归'！"紫薇笑了，"小燕子碰到成语，通通跟'动物'有关系！你对于她的语言，还没习惯，久而久之，就见怪不怪了！"

众人大笑。柳红看着蒙丹：

"蒙丹，你们还是化装成卖香料的！我们先送你们上路，我们再出发！"

含香立刻充满离愁别绪了，黯然地看着大家。小燕子就走上前去，一手拉住蒙丹、一手拉住含香，诚恳地说：

"师父、师母！你们两个要先走，徒弟没有什么东西可以送你们。我想，明天，给你们办个婚事！在这农庄里，我们大家的祝福下，你们成亲了吧！"

众人一听，就疯狂地鼓起掌来。尔康由衷地说：

"小燕子这个提议太好了！在经过'砍头'这样悲壮的事情之后，在必须面对离别的场面之前，有个小而隆重的婚礼，正好调适一下我们大家的情绪！"

"可是，只能凤冠霞帔一下，花轿也免了！我知道回人结婚，一定要有阿訇在！我们这儿没有阿訇，你们就入乡随俗吧！"紫薇说。

蒙丹和含香互视，两人的眼眶都湿润了。

那一夜，含香和蒙丹就在小燕子等人的簇拥下成亲了。在农庄的院子里拜了天地，在农庄的厅房里拜了堂。双方都没有父母参加，一对新人一定要对永琪、尔康等人行大礼，众人拦也拦不住、拉也拉不住，只好由他们了。婚礼虽然简单，倒也别开生面，喜烛鞭炮，样样俱全。小燕子、紫薇、尔康、永琪、箫剑、柳青都穿着简单的红衣，组成了一支小小的乐队，箫剑吹箫，小燕子打鼓，尔康敲锣，永琪吹唢呐，紫薇弹月琴，居然演奏得有声有色。金琐和柳红，就扶着含香，在鞭炮声、喜乐声中，和蒙丹行礼如仪。老欧夫妇，是唯一的嘉宾。

洞房就是农庄的卧房，帐子上，贴着"囍"字，房间里也是红烛高烧，整个房间贴满"囍"字，喜气洋洋。新郎新娘就被大家欢天喜地地送进了新房。

蒙丹挑起含香的红巾。新娘装的含香，另有一番风情，美若天仙，含羞带怯。

众人立刻掌声雷动。

"哇！我太感动了，这一条路，他们走得好辛苦！"紫薇惊叹着。

"虽然辛苦，总算有了今天！他们远从新疆走到这里，用了多少血泪，才营造了这个婚礼！蒙丹终于等到他的新娘了！"永琪感慨地说。

"好美的新娘、好美的婚礼，我都快要哭了！"小燕子激动得不得了。

金琐端上喜盘，上面放着喜酒。

"请新郎新娘喝交杯酒！从此长长久久！"

含香羞答答，蒙丹喜洋洋，两人喝了交杯酒。

大家疯狂地鼓掌。小燕子就冲上前去，说：

"恭喜恭喜！师父师母！请受徒儿一拜！"

小燕子说着，就跪了下去。蒙丹一把就把她拎了起来，感动地说：

"你这个徒儿，把我们两个一路送进洞房，为了我们，你几乎丢了性命，带着所有的人，冒险犯难！我们心里的感激，已经不是言语可以形容！哪里还能让你拜我们？谢了，小燕子！谢了，众家兄弟姐妹！"

蒙丹回身，对众人抱拳以礼，感动至深。

含香戴着凤冠，起立，站在蒙丹身边，向大家行礼，眼泪夺眶而出，哽咽地说：

"我还能说什么？这么多这么多的事，哪里是一个'谢'字可以表达！"

紫薇急忙上前，为含香拭泪：

"今天晚上，不可以掉眼泪！要讨个吉利！"

大家就全部上前，齐声说：

"恭喜恭喜，甜甜蜜蜜！长长久久，永不分离！"

蒙丹和含香感动得一塌糊涂。尔康就体贴地说：

"闲杂人等，一概退出洞房！"

大家嘻嘻哈哈的，全部退出洞房。

含香和蒙丹对视，恍如隔世，简直不能相信彼此已成夫妻。终于，两人紧紧地、紧紧地拥抱在一起了。

婚礼的第二天，大家就在旷野里送走了含香和蒙丹。

含香和蒙丹的马车是简单而朴素的，车里，载满了香料。含香一身清装，和她的回族装束完全不同，依然娇美。大家站在旷野里，秋风起兮，草木萧萧。含香上车前，握着紫薇、小燕子的手，依依不舍，几经催促，都不肯上车。最后，还是尔康命令地说：

“好了，送君千里，终须一别！大家就在这儿分手吧！”

小燕子、紫薇、金琐、柳红一听，纷纷抱着含香不放。

“含香，真舍不得你！保重！保重啊！”紫薇喊。

“你们也是！要小心大家的脑袋啊！小燕子，你最粗心大意了，以后要谨慎一点！紫薇，要注意身体！金琐、柳红，保护她们两个！”

“上车吧！”蒙丹拉着含香，含香一步一回头，终于上了车。

“师父，你要照顾师母！”小燕子追着马车喊，“你还欠我好多武功，到大理之后，你再还给我！你们一定要去大理啊！我们什么兔什么龟，一言为定！”

永琪拍拍小燕子的肩。

“不要依依不舍了！我们这样一大群人站在这儿话别，也是很危险的！让蒙丹和含香走吧！我们也要赶快回农庄里去！”就对蒙丹和含香一抱拳，“后会有期！”

“暂时再见了！大家珍重！后会有期！”

蒙丹喊着，一拉马缰，马车绝尘而去了。

含香把头从车窗伸出来，疯狂地和大家挥着帕子：

“再见……再见……再见……”

众人站在旷野里，看着那辆马车，越跑越远，越跑越小，终于消失在地平线上。

紫薇眼里含着泪，微笑地说道：

“含香的故事，应该告一段落了！”

尔康深深地看着她：

"我们也该去创造新的故事了！"

小燕子充满了离愁别绪，勉强地笑着，眼角滑下一滴泪。她挥去眼泪，极力要挥去悲伤，就跳跳蹦蹦起来：

"我才不会为了分别掉眼泪，反正过不了多久，大家还会见面！我不要伤心，我要去做一点事，那边有个水塘，我去捞几条活鱼，给欧嫂做午餐！"

小燕子说完，就甩开大步，飞奔而去。永琪急喊："小燕子……小燕子……你一个人去哪里？等等我！"急忙追着小燕子而去。

柳青看着二人的背影，不放心地说：

"他们这样跑开，行吗？会不会碰到官兵呀？"

"要不要我去保护他们？"柳红问。

"不用了！这附近，官兵都搜查过了！今天不会再来第二遍的！让她去散散心也好！"萧剑说。

大家就掉转身子，带着几分安慰，几分离愁，往农庄走去。

小燕子一口气跑进了一个柿子林。永琪追在后面，东张西望地问：

"水塘在哪里？你别乱跑，等会儿迷了路，这个乡下地方，我们两个都不熟！"

"穿过这个树林就是！你跟我走就没错，我认路本领是一流的！怎么会迷路呢？你不要老是怕这个怕那个！"

小燕子说着，忽然发现置身在一个柿子林里，看到一棵棵的柿子树，都结着累累的果实，小燕子就兴奋起来，惊喜地大喊：

"哇！又红又大的柿子！摘回去给大家吃！"

"这样不好！这好像是个果园，大概是有主人的！"永琪慌忙阻止。

小燕子四面张望：

"哪儿有主人？一个人也没看见！没关系啦！我上去摘柿子，你在下面待着！等会儿如果主人来了，你付钱就是了！来来来！把你的外衣脱下来，我要包柿子！"

永琪放声大喊：

"喂喂！主人在哪儿？喂喂！有没有人？我们要买柿子！"

四周静悄悄，一个人也没有。小燕子不耐烦地嚷：

"你真啰唆！以后，我们要一起跑江湖，都像你这样'君子'，大家什么都吃不到！我告诉你一个生存法则，有人的地方给钱，没人的地方，嘿嘿！就算了，小小的'偷'，不算'偷'！何况，看样子，这是一个野生的柿子林！"

小燕子说着，一跳，就上了树，飞快地摘了几个柿子，对永琪喊：

"把你的衣服脱下来，铺在地上包柿子，我把柿子扔下来了！你帮我捡！"

小燕子就把柿子一个个丢了下来。永琪看她兴致那么高，不忍阻止，只得脱下那件农装的蓝布上衣，做成包袱，忙着到处捡柿子。小燕子越摘越高兴，越丢越多。

"够了够了！你把人家一棵树上的柿子都摘光了！剩一点给别人嘛！"永琪喊。

“干吗？我们有十个人耶！一个人吃两个，也要二十个才够！反正没主的柿子，谁见到就是谁的……”

小燕子把柿子噼里啪啦往下丢，永琪忙着捡。

忽然之间，一声大吼传来，一个孔武有力的农夫跑了出来，大叫：“小偷！贼！原来偷我们果园的是你们两个！”就扬声大喊：“大牛！二牛！快来帮忙抓小偷！”

农夫这一喊，也不知道是从哪儿，就跑出好多大汉，个个手拿扁担，气势汹汹地奔了过来，嘴里大喊大叫：

“打！打！捉起来打……小偷！贼！打……”

“不要误会！不要误会！”永琪急忙喊，“我们是来买柿子的，不是贼！因为喊了半天，没有见到人，这才自己去摘！你们看看，多少钱？我付就是了！”

那些农夫奔到树下，看到一地的柿子，气愤地大吼：

“爬到树上，把整棵树都给摘光了，还说不是小偷！打……打……打……”

农夫们举起扁担，就要打永琪。小燕子从树上一跃而下，大喊：

“我们是小偷？你们才是土匪呢！说了给钱就是了，你们算算多少钱？我们照付！你们凶什么？再凶，我把你们全体送给官兵去！这几天，官兵在这儿搜查逃犯，大概就是你们几个！”

那些农夫给小燕子一吼，呆了，七嘴八舌地问：

“什么？逃犯？我们是逃犯？”

“就是！我看你们就是逃犯！说！是从哪个监牢逃出

来的？"

永琪急忙拉住她，对农夫赔笑说：

"我们付钱！我们买这些柿子……你赶快算一下，要多少钱？"

农夫开始数柿子：

"好了！好了！算我们倒霉！一共五吊钱！"

"五吊钱？"小燕子掀眉瞪眼，"你们是强盗啊？这些柿子顶多只要一吊钱！再说，这树上又没有刻名字，谁知道是不是你们的？"

农夫们一听，抡起扁担就吼：

"打……打……打……不要跟她啰唆……打……"

永琪急于息事宁人，急忙说：

"五吊钱，就五吊钱，不要吵了！"

他伸手去摸钱袋，一摸之下，傻了，原来换了衣服，忘了带钱袋：

"糟糕！没有带钱袋！小燕子，你身上有钱吗？"

小燕子一听，情况不妙，抓起地上的那袋柿子，拔腿就跑，嘴里大喊：

"永琪！跑呀！"

小燕子一跑，永琪只好跟着就跑。农夫们大怒，纷纷大喊：

"贼！小偷！混蛋！抓贼啊……抓贼啊……"

永琪站住，还想讲理：

"各位不要激动，我家就在那边，我回去拿钱给你们……

或者，哪一位跟我回去拿钱！我一定付……"

永琪话没说完，忽然听到一阵狗叫，再一看，几只凶恶的大狗正狂奔而来。

"狗儿！去咬他们！去追他们……"农夫们吆喝着。

一群大狗就凶恶地、狂吠着冲了过来。

小燕子回头一看，糟了！打架还不怕，大狗可斗不过！就大喊：

"永琪！逃呀！不要跟他们讲理了……跑呀……"

永琪见到那些狗穷凶极恶地冲来，不跑不行了，拉着小燕子，就往前狂奔。凶狗紧紧地追着。小燕子还抱着一大包柿子，这一跑，柿子一个个掉落地，她又舍不得柿子，挣脱永琪，还要去捡柿子。

"算了！那些柿子不要了！"

"不行！不行！"

小燕子抱着柿子跑，听到狗叫越来越近，她狼狈地回头看，没有看到前面有个大斜坡，脚下一个踩空，身子就骨碌骨碌往下滚去。永琪惊喊："小燕子！"急忙施展轻功，飞扑过去救小燕子。

谁知，斜坡下面，是个水塘，永琪伸手一捞没捞到，小燕子就尖叫着滚进了水里：

"救命啊……"

只见水花飞溅。

小燕子落了水，紫薇、尔康他们也险象环生。

原来，大家从旷野回到老欧的农庄，才跨进院子，就听到欧嫂在很大声地说：

"各位军爷，多喝一点，没关系！没关系……"

大家抬头一看，不禁大惊。原来，前天来过的那几个官兵，居然又来了。欧嫂正着急地对外张望，一面倒酒招待着那些官兵。大家一怔，已经来不及躲藏。

欧嫂看到众人，机警地笑着喊：

"你们回来啦？赶快帮忙干活，这谷子再不翻一翻，就要返潮了！今年收成已经不好，大家麻利一点，那么多张口要吃饭哪！"

尔康反应最快，立刻飞快地答道："是！是！我们这就来了！"就推推紫薇和金琐："我把金妞、银妞带来帮忙，给翠妞做点针线活！"

"哦！哦！那真好！"欧嫂应着，就看着那些官兵，指指柳红说道，"翠妞是我家小姑，再过几天就要成亲了！陪嫁衣裳到现在也没做好！"

官兵好奇地打量着紫薇和金琐：

"你家人口挺多啊？听说昨晚也有吹吹打打，办喜事啊？这么多喜事？"

"昨晚不是办喜事，只是练习一下吹吹打打！穷人家办喜事，还不是穷凑合！"萧剑接口说，一面猛对柳红使眼色，"翠妞，你还不带金妞、银妞进房去！"

"是！"柳红拉着紫薇和金琐，"走吧，我们进去干活！"

紫薇、金琐、柳红就紧张地、急急地进房去。

尔康、萧剑、柳青就急忙拿起耙子，开始耙谷子。

欧嫂热心地给官兵们倒着酒，眼神还紧张地瞄向院子外面，奇怪着小燕子和永琪怎么不见回来，心里快要急死了，尤其，那个小燕子长得浓眉大眼，和画像上一模一样，万一猛然出现，说不定会被认出来。她的怪招又特别多，只怕自己接招接不住。

尔康、箫剑、柳青也不住地往外看，大家都牵挂着小燕子和永琪，人人紧张。

柳青就忍不住问：

"军爷，你们那个'逃犯'还没抓到吗？"

官兵非常享受地喝着酒，慢吞吞地说：

"哪有这么容易？每天都叫我们搜查！老百姓家家叫苦，咱们负责城郊还好，可以走动走动……大婶，你这酒酿得真好！天冷，喝点酒全身都热乎乎了！再添一点吧……"

"是！"欧嫂忙不迭地倒酒。

紫薇、金琐、柳红在房间里，也急得像热锅上的蚂蚁，趴在窗子上对外看，三个人又急又慌。紫薇低低说：

"怎么办？小燕子和永琪还没回来，万一闯了进来，大家不是面对面了吗？"

"别慌别慌！刚刚我们也面对面了，那些官兵也没认出来！画像和真人还是有段距离。何况，我们现在这身打扮，跟那些画像，已经差了十万八千里！"金琐说。

"这些官兵在磨蹭些什么？慢吞吞一直不走？"柳红急得要命，为小燕子和永琪捏把冷汗。

"看情形，都给欧嫂的酒喂坏了！存心来讨酒喝！"紫薇说。

金琐小声惊喊：

"回来了……小燕子回来了……"

三个人急忙凑到窗户缝去看。

小燕子确实回来了，她一身的水，头发凌乱，身上挂着水草，说有多狼狈，就有多狼狈地直冲进来，嘴里大叫大嚷着：

"柳青……柳红……赶快拿家伙，有一群土匪，放了狗来咬我……"

欧嫂忙着咳嗽，尔康、柳青、萧剑咳的咳、嚷的嚷。柳青想遮掉小燕子的声音，喊得惊天动地：

"这谷子怎么翻不动？我来好好地翻一翻……"

柳青不只喊得惊天动地，动作也夸张得离谱，把谷子扬了起来，扬得官兵一头一脸。官兵急忙跳开：

"哎哎！别弄脏了好酒！"

小燕子一看官兵在，赶紧刹住了车，睁大眼睛惊愕地看着。永琪随后冲进院子，顿时傻了，急忙低下头去。尔康急中生智，一个箭步跑了过去，抓住小燕子喊：

"傻妞！你又闯祸了？"

欧嫂立即顺着尔康的话，对官兵不好意思地笑着说："我家傻妞……"对自己的脑袋比划着："脑子有点问题，小时候生病发烧，把脑袋烧坏了……"

小燕子眼珠子一转，明白了，就往地上一坐，双手拍打着地，拉扯着自己的头发，指着永琪，对欧嫂哭喊道："娘！爹……隔壁小虎子欺负我，抢了我的柿子，大柿子……这么这么大……"用手比划着："还放狗狗咬我……哇！哇哇……"

永琪当了一辈子的阿哥，哪儿演过这样的戏码？根本不知道自己就是"小虎子"，完全不会接招，狼狈地低头说道：

"大婶！这个傻妞……我给你送回来了，我还要去干活……我走了……"埋着头就往外走，心想，自己是阿哥，很多人认识，三十六计，躲为上策！

谁知道，小燕子直跳起来，伸手把永琪一把拉住，哭闹着："不许走！你还我柿子来！还我……还我……"就对永琪拳打脚踢起来。

"哎哎！这个……这个……那个……那个……"永琪不会演戏，又怕官兵看出自己来，低着头遮遮掩掩，手忙脚乱。

小燕子却越演越有劲："什么这个那个……我打你！打你……这个也打！那个也打！你欺负我……还我柿子……"扭着永琪不放。

众人心惊胆战，个个瞪着小燕子，又恨不得把她掐死。

萧剑急忙冲上前去，一把扣住小燕子的手腕，对永琪赔笑说道：

"对不起！对不起！我家傻妞……你知道的，就是这样子！你快去干活吧！"

永琪低头就走，谁知，那些官兵已经越看越奇，一个官兵喊道："站住！给我们瞧瞧！"就去翻画像，要比对比对。

小燕子一看，情况不妙，扑上前去，把那个官兵撞翻在地。她就劈手夺过画像，大叫：

"我的柿子！原来你抢了我的柿子……"

官兵莫名其妙地问：

"什么柿子？这哪儿是柿子……"

小燕子急切中，老方法又来了，把那张图塞进嘴里，又嚼又咽。

众官兵急忙去抢：

"哎哎哎！你怎么把我们的画像给吃了？"

官兵们抢的抢，夺的夺，哪儿还抢得回来。大家嚷着叫着，乱成一团。

永琪乘机溜了。

"傻妞！"欧嫂尖叫，"你怎么什么东西都吃？赶明儿吃到有毒的东西，毒死你！"

尔康就揪着小燕子的衣领，嚷道：

"跟人家道歉！说对不起！上次小虎子一本《三字经》也给你吃了！这个看到纸头就吃的毛病，怎么改不好呢？"

"就是！就是！等到军爷走了，我好好地教训你！"箫剑跟着骂。

小燕子转着眼珠，傻笑：

"《三字经》，我会背《三字经》！"就背了起来："人之初，性本善，性相近，习相远……狗不叫，猫不跳，鸡不飞，猪不闹……爹不疼，娘不要……"

尔康听到小燕子背得奇奇怪怪，头有斗大，赶紧对箫剑使了一个眼色：

"咱们把她拖进去关起来！不关不行，一天到晚闯祸！"

尔康和箫剑，就挟持着小燕子进房去了。

欧嫂连忙对官兵们打躬作揖：

"对不起！对不起……我家傻妞就是这样，看到什么东西，都当成好吃的……来！多喝一杯，算是我跟各位赔不是了！"

官兵们虽然疑惑，但是，那个小燕子满头的水草，一身的湿衣服，满脸的污泥，疯疯癫癫的，实在不像什么格格。大家也就不疑有诈，依旧喝起酒来。

室内，大家双双对小燕子抹脖子、瞪眼睛，比手画脚。

"我演得这么好，你们还不满意？"小燕子不服气地嚷。

紫薇急忙伸手，捂住她的嘴。

院子里，官兵们终于喝够了，大家吆喝着出门去。

"走吧！走吧！画像丢了，还得再去补充一份！"官兵看欧嫂，"大婶！你家人口真复杂啊？到底有几口人？"

"十多口！累啊！以为多子多孙多福气，怎么知道养起来难啊！"欧嫂摇头叹气。

官兵们一走，永琪就从门外闪身而入。

大家进了房间，就开始你一句、我一句地数落小燕子。

"你们真是奇怪，我演得那么好，简直就是一个'傻妞'，这种演技，连我自己都很感动！你们不奖励我，还要骂我，下次，你们再要我配合演戏的时候，我就不演了！随你们去应付吧！"小燕子嚷着。

"好了好了！也没骂你，就是要你小心一点，不要演得太过分了！"永琪说。

"怎么过分？我是'傻妞'，总得傻乎乎的才像呀！那个画像，我不把它吃了，大家不是都危险了吗？我真倒霉，以为可以摘很多柿子吃，结果，柿子没吃成，还摔进水里，给大狗追，还吃了一肚子纸！我怎么跟这个'纸'过不去，老是吃纸！如果养成习惯，看到纸就想吃，那怎么办？"

永琪又是心疼，又是好笑：

"其实，你把那些画像撕碎了，丢到地上去踩，或者丢到水沟里，毁掉它就可以了，反正你是装疯卖傻嘛！为什么要吃呢？"

小燕子一愣，恍然大悟地说：

"是啊！我好笨！为什么要吃呢？难道我真的是个'傻妞'吗？"

紫薇安慰地拍拍她：

"还好又让你过关了！这几个官兵，根本就是拿钱不做事的人，糊弄糊弄，打发时间就交差，这才让我们逃了！要不然，这么多状况，他们看不出问题，也都是一些'傻兵'了！"

"他们不是傻兵，是给我们闹了一个头昏脑涨，招架不住了！"尔康说，"小燕子，你那个《三字经》要不然就不要背，要背就好好背，怎么还改词？"

"不能不改呀！我一紧张，把下面的词全忘了！再说，'傻妞'如果背得很溜，那就'不傻'了，不是吗？"

萧剑看着小燕子，对她有兴趣极了：

"傻妞如果能改《三字经》，还能押韵，那还能叫'傻妞'吗？小燕子，你实在聪明极了！"

小燕子被箫剑一夸，就轻飘飘起来，高兴地看着箫剑：

"真的吗？我很聪明吗？我押了韵？我会押韵？永琪他们都说我笨，教我成语也教不会，教我背诗也教不会！害我看到书就怕……"

"你很聪明，将来，让我来教你，包你一学就会！"箫剑认真地说。

小燕子兴高采烈，嚷着：

"箫剑！你真的好合我的胃口！我看，你还是当我的师父吧！你的武功又好，还会作诗、还会吹箫，我什么都要学！"

永琪看看箫剑、看看小燕子，心里，浮上一种怪异的感觉。

尔康看看三人，心里也觉得有点怪，就打断了他们：

"好了！我们言归正传。我看，这个农庄已经不保险了，那些官兵回去以后，想一想，就会觉得我们大家很奇怪，如果起了疑心，第三次来，我们就没有这样容易过关了！所以，我建议，我们大家明天一早就动身！"

"可是，我们的装备和马车，都在帽儿胡同，这样吧，今晚，我和箫剑去帽儿胡同把东西带来！再不走，确实不行了！"柳青说。

"那个帽儿胡同危险不危险？会不会已经有人埋伏了？我觉得，皇上好像非找到我们不可，所有和学士府有关的地方，都很危险。那些装备，能不能放弃呢？"金琐问。

"不能放弃！"尔康说，"我们这八个人，一路上要吃、要喝要住，衣食住行，全在那些装备上！这样吧！箫剑、柳青、柳红，你们冒险去帽儿胡同，我呢？要冒险去一趟学士府……"

"什么？学士府？那是全世界最危险的地方了！"柳红惊喊。

"你一定要回去一趟吗？"紫薇就看着尔康。

尔康恻然地看着紫薇：

"对不起，紫薇，我必须冒这个险，不跟我阿玛、额娘告别，我于心不安！"

"那……我跟你一起回去！"

"不行！我一个人比较安全，毕竟我会武功，必要的时候可以逃！有你在，我会顾此失彼，碍手碍脚。你还是留在这儿，让我安心吧！"

"尔康！你这样做，实在是大大的不理智，我们这群人，好不容易才在一起！万一你又失手，我们大家就前功尽弃了！"柳红不赞成。

"就是！尔康少爷，你还是听大家的劝，不要冒险了！福大人和福晋会理解你的！不会怪你的！"金琐也说。

"他们不会怪我，我会怪我自己啊！"尔康难过起来。

箫剑就站了起来，用很有决断性的语气说：

"尔康！你少数服从多数，不要再争辩了！如果你一定要回去，也等我从帽儿胡同回来以后，让我陪你走一趟！"

小燕子看着箫剑，满脸佩服地说：

"这样好！箫剑的武功，是'神仙画画'的！有他陪你，我们大家就放心了！"

永琪再看了小燕子一眼，心里那种异样的情绪更加重了。他就默默地走出门去，看到院子里一地乱七八糟的谷子，就拿起一把扫把，把那些四散的谷子扫成一堆，脸上是若有所思的。

小燕子换了一身干净的衣服跑出来，看到永琪在扫谷子，就笑着嚷：

"哎哟！几时看到过阿哥在这儿扫院子？"

永琪脸色一沉，警告地说：

"不是说过了，不要再提'阿哥''格格'了吗？"

"是！"小燕子大声应着，看着他，"你在做什么？"

"你没看到吗？我在扫这些谷子！老欧碰到我们这群人，也真倒霉，谷子弄得乱七八糟，也没有人会帮忙扫一扫！"

小燕子好笑起来：

"人家'晒谷子'，就是要铺平了在那儿晒，你把它们都扫成一堆，不是越帮越忙了吗？少爷！你不懂，就不要乱帮忙了！"

永琪一愣，脸色更加萧索了。

"是啊！我根本不懂，在这儿越帮越忙！"他废然地放下扫把。

永琪就走到台阶上，坐下来，用手托着下巴，看着天空。

小燕子追了过来，推了他一下：

"你怎么怪怪的？在想什么？"

"在想……"永琪看她一眼，"出了那座'回忆城'，我可能什么都不是！以后漫漫长路，正是考验的开始。恐怕，我在'回忆城'里学的所有东西，在江湖上，全都没用了！"他看着那些流动的云，叹了一口气："不知道皇阿玛，现在有没有想我们？是不是还在生气？"

"不要再提那只'瞌睡龙'了！我们就是被他害得这么惨！"

永琪就正视着小燕子，一本正经地说：

"小燕子，我们办一个交涉！以后，你不要管我心里对皇阿玛的想法，任何不敬的言辞，我都不会用在皇阿玛身上！我希望你也不要'瞌睡龙''瞌睡龙'地叫来叫去。再有，我们虽然要流浪江湖了，我还是不喜欢你的江湖习气，你可不可以不再用偷的骗的？哪怕是偷一个柿子，骗一个鸡蛋，都太不光彩了，不是光明正大的人应该做的！你看，让人家当成是小偷，放了狗来追，真是难看极了！"

小燕子一呆，脸色顿时变了。

"还没开始动身'流浪'呢，你的阿哥架子怎么又端出来了？如果你舍不得那个回忆城，你就回去吧！我本来就是江湖女子，你要我怎么改？看我不顺眼，就算了嘛！这样板着脸教训我，你算老几？说什么要为我做一个全新的永琪，都是骗我的！"小燕子说完，一扭身子就要进房。

永琪立刻后悔了，飞快地拦住了她，赔笑地说：

"不许生气！"

"来不及了，已经生气了！"

"是我在犯毛病……"永琪勉强地笑了一下，"昨晚没有睡好，今早送走含香，心里也挺难过的。接着，跟那些农夫吵架，被他们放狗来咬，你又摔进水里，回到农庄，再被吓得魂飞魄散……这一个上午，我被折腾得七上八下，心里难免有些毛躁……不是有意要跟你怄气……”

小燕子瞅着他，心软了，好后悔说得那么冲，就挤在他身边坐下。

“我知道，我知道！这几个晚上，你和尔康打地铺、睡门板，大概你们从来没有受过这种苦……”就歪着头去看他的脸，柔声地说，“好了……我以后不偷柿子就是了，今天也不是存心的……已经被那些狗吓得魂都没有了，你不知道，我小时候被狗追过咬过，最怕大凶狗！又掉到冷水里，已经受到惩罚了嘛！”再歪着头看了看他，小小声地说道：“我以后也不说‘瞌睡龙’了，以前，我们出巡的时候，大家都叫他‘老爷’，我叫他‘老爷’总可以了吧？”

永琪看到这样的小燕子，实在爱进心坎里，就把小燕子的手一把握住，盯着她，一本正经地说：

“下次偷柿子的时候，一定要找没有狗的柿子园！”

小燕子眼睛一闪，大笑起来：

“就这么决定！”

两人对看，小小的不愉快，就在两人的笑容里烟消云散了。

第四章

  这天晚上，萧剑带着柳青、柳红去了一趟帽儿胡同，把福伦和福晋为大家准备的马车和行装都带来了。他们不只把行装带了来，还偷偷带来了两个人，竟是平民打扮的福伦和福晋！两人一下马车，所有的人都惊动了，全体奔到院子里去迎接。

  尔康和紫薇惊见福伦、福晋，喜出望外，两人就扑奔上前。尔康惊喊：

  "阿玛！额娘！你们怎么来了？"

  "本来，只是溜到学士府去问问消息，可是，伯父、伯母坚持要来一趟，我们大家就冒险了！"柳青说。

  "福大人，福晋！"紫薇激动地扶住福晋，"太意外了！真不敢相信还能见到你们啊！"

  柳红抱了一堆衣服进来：

  "我把银杏坡那儿的旧衣服都拿来了，福晋又准备了好多

69

衣服，我想，这一路的衣服大概够穿了！"

"永琪，我们来收拾一下行装，看看还缺什么，好马上添，让他们一家子说说话吧！"箫剑对永琪说。

永琪看到福伦和福晋，心里激动异常，福伦看到他，也不胜感慨。没想到贵为阿哥，居然要去亡命天涯！福伦想着，就伸手紧紧地握住永琪：

"五阿哥！逼到最后，你们还是走了这一条路！"

"是！"永琪郑重地说，"以后，我的阿玛恐怕要交给你们照顾了！等到他的气消了，请帮我转告他，不管我在世界的哪个角落，我永远会祝福他，也祈求他的原谅！"

福伦好感动，重重地点头：

"我明白了！五阿哥，你要自己保重啊！"

小燕子在旁边气呼呼地接口：

"我没有那么好的风度，我会记仇的！可是，为了永琪，我把我的恨咽了下去！告诉那个'老爷'，他没砍成我的脑袋，我反而带走他的永琪！这是他的报应，谁叫他说话不算话？他才会'赔了儿子又折兵'！"

福伦苦笑了一下：

"你这句话，我就不帮你转达了！"

金琐也跑上前去行礼：

"金琐叩见福大人、福晋！"

"金琐，他们把你也救出来了！"福晋惊喊。

"是！所以祸也越闯越大了！"

"我们进屋去说话吧！"尔康和紫薇，赶紧扶着福伦和福晋进房。

到了房里，福伦、福晋坐下，尔康就拉着紫薇，双双跪地。尔康激动地说：

"阿玛、额娘！儿子不孝，闯下滔天大祸，连累爹娘！现在，还要让你们两老承受离别的痛苦！我这样的儿子，是你们两个的债，对不起！我不知道该说什么，才能让你们明白我心里的歉疚！让我和紫薇，给你们磕三个头，谢谢你们养育之恩，更谢谢你们的理解、体谅和支持！"

尔康磕下头去，紫薇也跟着磕下头去。紫薇的歉疚，更是排山倒海一样地涌上来，惭愧地接着说：

"福大人、福晋！这一切的祸事，都因我而起！自从我走进学士府，就给福家带来一连串的事故！我不能给福家带来荣耀，反而带来灾难，不能给两位带来团圆，反而带来离别！我真是对不起两位，请你们原谅我！"

尔康和紫薇，就双双磕下头去。福晋满眼泪水，弯腰去拉两人：

"起来！两个人都起来说话！"

"尔康、紫薇，经过了囚禁，又经过了劫囚车，你们都健康没事吧？身子怎样？有没有受伤？"福伦也是热泪盈眶地问。

"我给你们准备了好多药材！灵芝、人参，应有尽有！你们上路以后，可能会很辛苦，路上要多吃一点补品！紫薇上次病后，身子还没调理好，现在又碰到一大堆事，不要把身体疏忽了！"福晋又说。

紫薇和尔康感动得一塌糊涂。紫薇含泪激动地说：

"福晋！你还是对我那么好，你不恨我、不怪我吗？"

"为什么怪你呢？"福晋瞅着她，"为了你这样死心塌地爱尔康？还是为了尔康这样死心塌地地爱你？我们做父母的，已经被你们彻底感动了！只希望你们以后，再也没有灾难，那就是我们的福气了！"

"谢谢你们这么理解我们，这么包容我们，这么宠爱我们……允许我们这样任性和自私！"尔康说着，已经不知道如何来表达自己的感激和热情，又磕下头去。

"孩子，我们不能久留，马上就要走！免得把你们的行迹暴露了！你们就起来吧！不要把时间浪费在磕头上面了！"福伦伸手去拉。

尔康和紫薇站了起来。福晋就伸手，握住了紫薇的手，郑重地托付道：

"紫薇，我把我最心爱的尔康，交给你了！以后，在他脆弱的时候，支持他！在他孤独的时候，陪伴他！在他失意的时候，鼓励他！这些，都是他以后可能要面对的人生！因为，他是从一个'得意'的身份，走上一个'平凡'的身份，有些心理过程，是他必须要付出的代价！"

紫薇点头，握紧了福晋的手：

"我知道！我会牢牢记住您今天跟我说的话！我也向您保证，有我在，我不允许他脆弱，不允许他孤独，更不允许他失意！如果他有那些感觉，一定是我不够好！福晋，我会牢牢地守着他、紧紧地看着他，让他没有时间来感觉脆弱和孤独！"

福晋忍不住把她往怀里一抱，喊道：

"紫薇，你体会了一个母亲的心！你真是一个可人儿！"

拥抱片刻，紫薇抬起头来，歉然地看着两老，说：

"还有一件事，我一定要禀明两位！我的舅公和舅婆从济南来，否决了我的格格身份，老佛爷也撤销了我的指婚，所以，我不是金枝玉叶了！我是谁，我自己都不知道了……"

"你是谁，我们都很清楚！"福伦打断了她，"你是紫薇，我们的媳妇儿！要和尔康共度一生的那个姑娘！其他一切，都不重要了！"

尔康凝视着父母，心里，实在是震动极了，再也没有料到，父母会用这样宽大的心胸，来理解和包容自己的一切，看着福伦斑白的两鬓，充满不忍地说：

"我和紫薇，经过了这么多风风雨雨，生生死死，以后，一定会更加珍惜彼此，保护彼此！你们不要再牵挂我们！倒是你们，我实在不放心极了！不知道皇上会不会迁怒到你们身上，我闯的祸，要让你们来帮我收摊，帮我承担，我只要想到这儿，就没有勇气和紫薇远走高飞了！"

"走吧！尔康，不要再犹豫了！我和你额娘会平安的，让我告诉你们一个好消息，令妃娘娘和晴儿都过关了！"福伦说。

"是吗？"紫薇惊喜地问，"她们真的过关了？那……小邓子、小卓子、明月、彩霞有没有被牵连呢？"

"都过关了！令妃已经带了信给我们，老佛爷曾经想办我们，但是，皇上否决了！皇上没有迁怒，他还是一个‘仁君’！你们，也不可以跟皇上记仇！”

“是啊！这不过是暂时小别而已，等到时过境迁，风平浪静的时候，你们一定要回来！家还是家，皇上，还是你的皇上！记住，今晚以后，我的生活里，剩下的就是两件事，一件是‘期盼’，一件是‘等待’！期盼团圆，等待见面！你们不要一直让我在这种煎熬里过日子啊！”福晋深深地嘱咐。

“我们知道了。不管是天涯海角，我们只要有机会，一定会带个信给你们！放心，有这么多有情有义的高手陪着我们，我们会平安的！”尔康说。

福伦和福晋点头，两人的眼中都闪着泪光。福晋就看着紫薇，说：

“紫薇，你喊我一声‘额娘’吧！”

紫薇眼泪一掉，激动地喊道：

“阿玛！额娘！”

“好孩子，好孩子！”福伦拼命点头拭泪，“等你们回来，我们再好好地办婚礼！我想，不过是一年半载的时间！”

“孩子，你们一路顺风，我们必须回去了！”

尔康和紫薇就再度跪下：

“我们拜别阿玛、额娘！”

第二天一早，大家就出发了。紫薇、小燕子、金琐坐在马车里。柳青、柳红驾着马车。尔康、永琪、萧剑骑马，一行人上路了。

老欧和欧嫂，站在院子里，不住地挥手：

"再见！再见！大家保重！"

"要小心那些官兵啊！"小燕子从车窗里伸出头来叫。

"我们知道！你们也注意一点！"

"我们都走了，那些官兵再来找麻烦，发现你家的人都不见了，会不会疑心呀？"紫薇也伸出头来喊。

"你别操心了！我就说都去田里做工了，不就成了？他们又不会一直在这儿等！"欧嫂说。

"了不起就是我家的酒要多消耗一点！"老欧笑着。

"真要麻烦，就搬家吧！"萧剑仍然叮咛了一句。

"是！"

众人就挥手道别：

"再见！再见！"

"一路顺风！"

车车马马就这样出发了。

农庄很快地被抛在后面了。北京，抛在后面了。皇宫，抛在后面了。格格、阿哥、御前侍卫……都被抛在后面了。

一行人跋涉在旷野，跋涉在郊外。漫长的逃亡生活，就这样开始了。

小燕子和紫薇等人，已经失踪了许多天，派出去追捕的侍卫、官兵、大臣，连影子都没有找到。乾隆眼看香妃失踪，找不回来；两个格格失踪，也找不回来；连永琪和尔康失踪，也找不回来；真是气愤极了。看着几个负责追捕的大臣，恼怒地问：

"怎么会一点消息都没有？你们到底在做些什么？"

大臣们惶恐躬身，你一言、我一语地禀道：

"臣以为，他们可能已经分成好几队，东西南北各个方向跑走了！"

"正是！如果他们分散了跑，我们真的很难找！即使他们还藏在北京，只要老百姓掩护他们，我们也不容易找到！"

"皇上！不知道是不是可以悬赏捉拿？如果悬以重赏，那些老百姓说不定可以提供线索！"

"臣已经让画工画制了许多画像，预备遍发给各个府、各个县，但是，皇上是不是准许这样大张旗鼓地搜查？"

乾隆瞪视着那些大臣：

"朕告诉你们，他们那一群人，是不会分开的！尔康离不开紫薇，永琪离不开小燕子，金琐又跟定了他们！再加上他们的个性，个个喜聚不喜散，讲义气，讲'有福同享，有难同当'！所以，他们不会分成好几组！这些人里面，紫薇和金琐不会武功，小燕子是个半吊子！他们要长途跋涉，一定需要马车和马！你们只要看到马车和马队，就注意一下！你们想想，他们个个年轻，个个漂亮，这样一个队伍，怎么可能不引人注意？"

"是！臣了解了！"大臣们哈腰说道。

"至于路线，他们很可能直奔西藏，去投奔巴勒奔和尔泰！也可能去了新疆，和香妃一起去投奔阿里和卓！但是，西藏和新疆，都很荒僻……"乾隆深思着，揣测着几个孩子的个性，"依朕推测，他们最最可能，是直奔南方！因为南方山清水秀，这些孩子，还带着诗情画意和玩心，虽然逃亡，也不会逃到什么穷山恶水里面去！所以，派一些真正的高手，一路南下去找找看！到苏州、扬州、杭州去找找看！"

"是！臣遵命！"

"记住！朕要活口！不许伤他们性命！这些孩子个个聪明绝顶，你们不只要跟他们斗武功，也要跟他们斗智慧！如果发现了行踪，不要打草惊蛇，先来向朕回报也可以！至于老百姓那儿，还是尽量不要惊扰，也不必大张旗鼓，弄得满城风雨，知道了吗？"

"是！臣知道了！"

大臣们躬身退下。

乾隆走到窗前，看着窗外的天空，恨得直咬牙：

"朕一定要把你们一个个捉回来！"

小燕子他们，已经流亡了一段日子。大家打扮成富商的模样，一路大大方方地往前走，居然没有引起什么疑心。只是，为了逃避注意，他们很少住客栈，尽量在老百姓家里投宿。尔康认为，客栈是官兵们最可能搜查的地方。这天，大家到了一个还不小的镇，名叫"正义村"。每个人都有些累了，尤其几个姑娘，好想烧几桶热水，痛痛快快地梳洗一番。尔康和箫剑就冒险把车车马马停在客栈门口。

众人下马的下马，下车的下车，尔康说：

"好了，今天就奢侈一下，住个客栈吧！不过，大家要提高警觉！"

"我真想好好地喝一杯！自从陪你们上路，我这个'箫剑江山诗酒茶'，已经变得残破不全了！"箫剑笑着说。

"你这七件事，要样样俱全，你就是神仙了！"紫薇笑着接口，"有点残缺，才有缺陷美！有缺陷美，才是人生！当神仙固然好，少了几分'人味'，也是一种缺陷呢！"

萧剑大笑，看紫薇，眼里透着真心的欣赏：

"哈哈哈哈！好一篇缺陷论，以后，我肚子里的酒虫大闹的时候，或者是情绪低落的时候，我就背诵你的缺陷论！"

"你也有'情绪低落'的时候吗？"紫薇问。

"我为什么不该有'情绪低落'的时候？"

"因为……'一萧一剑走江湖，千古情愁酒一壶！'既然千古的情愁，都可以一口吞了，怎么还会情绪低落呢？"

"哈哈！"萧剑又大笑起来，"说得好！你知道吗？'矛盾'是人生无法避免的问题，没有'矛盾'，就没有'人生'！"

大家说说笑笑，一面把行李卸了下来。

柳红提醒大家：

"各位各位，我们把值钱的东西都随身带着，每人身上带一点，如果有人有了闪失，其他人身上还有！住客栈不比老百姓家，大家还是小心一点好！"

"柳红说得对！大家进了客栈再分配！走吧！"尔康往客栈走去。

小燕子站在那儿，东张西望。

只见路人一拨一拨地，争先恐后地往一个方向跑。

小燕子大奇，拦住一个路人，问：

"你们干什么？大家都要去哪里？"

"别拦着我！我要去看热闹！"路人急急地嚷着。

"热闹？"小燕子喊，精神全来了，"有热闹可看？赶快告诉我！什么热闹？"

"小燕子！你就不要管闲事了！"永琪去拉小燕子。

小燕子哪里肯不管闲事，拼命追问：

"什么热闹？什么热闹？"

"你们是外地来的，是吧？"

"是啊！你们是不是有人要抛绣球啊？"小燕子兴冲冲。

"抛绣球？没有的事！是要烧死一个人！"

"啊？要烧死一个人啊？"小燕子大惊。

柳青、柳红、永琪、尔康、紫薇、箫剑、金琐听到要烧死人，都围了过来。

"真要烧死一个人吗？为什么？"

"我们村里，有个姑娘名字叫作'苏苏'，还没成亲，就怀了孩子！我们村子的习惯，这种不守妇道的女人，都要烧死！所以，现在就要去烧死她！"

路人说完，摆脱了小燕子，往前面就跑。

紫薇脑子里轰然一响，想起了自己的身世，想起了亲娘，不禁打了个寒战，问：

"什么？没有成亲有了孩子，就要烧死她？这个地方，是保守？还是野蛮？"

小燕子跟着人群就跑，激动得一塌糊涂：

"我要看看去！"

"我也去！"柳青跟着跑。

"小燕子……小燕子……"永琪急忙追了去。

尔康和箫剑彼此看了一眼。尔康说：

"我把行李寄放在掌柜那儿，大家都过去看看吧！"

结果，全体的人都跑到广场上去看烧苏苏。

大家奔到一个广场，就看到许多人聚集在那儿，还有许多人争先恐后地跑来。

在空地上，那个名叫苏苏的姑娘，被五花大绑，绑在一根木头柱子上，柱子下面，堆满了柴火。

大家看过去，只见苏苏十八九岁，脸庞清秀美丽，眼神里带着恐惧，也带着坚强，绑在那儿，动也不能动。

有个白须白发的族长，满脸严肃地站在柴堆前面。

几个年轻力壮的青年举着火炬，等着烧火。

群众挤满了空地，群情激愤，兴奋地嚷着、喊着：

"烧死她！烧死她！不要脸的女人！丢了我们正义村的脸！烧死她……"

小燕子拼命挤进人群。永琪、柳青、紫薇、金琐跟着挤上前来。尔康、柳红、箫剑也紧跟在后，挤到紫薇等人面前。

"族长！不要跟她客气了！这种无耻的女人，赶快处死！"一个群众大叫。

就有一群人跟着叫：

"烧火！烧火！烧死她！无耻！下流！不要脸……"

突然，有个中年妇人跌跌冲冲地扑奔而来，抱着柴堆，仰头看着苏苏，狂叫："不要烧死我的女儿呀！各位乡亲，我给你们磕头了！"就掉头，狂乱地跪在地上，拼命磕头："求求族长，求求各位，我守了十五年的寡，只有这一个女儿呀！你们饶了她吧……”

“不能饶！她是我们大家的耻辱！烧死她！”一个群众喊。

“烧死她……烧死她……烧死她……”群众吼声震天地响应。

紫薇看到这种惊心动魄的场面，脸色都变白了，回头对尔康说：

“为什么大家这样残忍？为什么喜欢看别人被烧死？那个男人呢？他们只烧女人，不烧男人吗？”

尔康完全体会到紫薇的感觉，也深深地震撼了：

“好可怕的刑罚，难道这种地方，行刑不需要官府吗？”

“没办法，这种村子，民风非常剽悍，族长可以决定一切！”萧剑说。

这时，族长已经伸出双手，示意大家安静。大家静了下去，族长大声说道：“苏家女儿苏苏，不守妇道，未婚怀孕，让整个正义村蒙羞！现在，立刻执行火刑！”就大声宣布：“烧火！”

那些手持火炬的年轻人大声响应，拿着火炬上前，就要点火。

小燕子眼看这个苏苏就要被烧死，再也忍不住了，纵身一跃，飞蹿而出，落到柴火堆前，举起手来，大喊：“等一下！事关人命！怎么可以这样随随便便？这个苏苏，不过是怀了孕，有什么了不起？为什么要烧死她？如果她要烧死，那个让她怀孕的男人在哪里？”她看着群众，大叫：“那个孬种在哪里？出来！你的女人要给人烧死了，你还不赶快出来！闯祸的是两个人，为什么只烧一个人？"

群众大哗，对小燕子挥着拳头嚷：

"这是谁？不关你的事！不要你来管我们！拉她下去……拉她下去……"

就有一群人上去拉扯小燕子。永琪一看，按捺不住，飞身上前，三下两下，推开了围攻小燕子的人，站在小燕子身边，伸出双手，大声地说：

"各位各位！请听我说一句话！这个火刑，实在残忍，用来对付大奸大恶的人，还说得过去，用来对付一个弱女子，实在太过分了！何况这个姑娘还有身孕，烧了之后，是一尸两命！上天有好生之德，大家何不原谅了她？"

群众更加哗然，纷纷摩拳擦掌、怒喊连连：

"什么人？打哪儿来的？一定是苏苏找来的帮手！滚！你们赶快滚，要不然我们就动手了！"

族长也走过来，对永琪和小燕子说：

"你们这些外乡人，不要管我们正义村的事！让开！让开……国有国法，家有家规，苏苏犯了死罪，一定要死！"

苏母发现了转机，就号啕大哭地叫了起来：

"各位乡亲，救命啊……救命啊……我家苏苏，一定是给人强暴了……不是自己愿意的呀！苏苏，你快说了吧！那个男人是谁？你说了吧……"

族长一听，纳闷地回头惊看苏苏，问：

"苏苏！你是被强暴的吗？"

谁知，那苏苏却十分傲气，脸色惨白地昂首说道：

"你们烧死我吧！没有人强暴我，是我自己愿意的！我丢了正义村的脸，死就死！"

"苏苏……你怎么可以这样？"苏母哀号，"到底是谁？你为什么不说呀？你死了，你要娘怎么办？"

紫薇等人，个个都有不忍、不平之色。尔康受不了了，也从人群中一跃而出，站在小燕子和永琪身边，仗义执言了：

"各位各位！我们从外地来，今天管定了这件闲事！这位苏苏姑娘一定有难言之隐，看在她这样保护那个男人的分上，你们饶她不死吧！这件事一个巴掌拍不响……要罚也要罚两个人，既然另外一个不知道是谁，何不抱着宽大的胸怀，接受上苍给予的新生命，化悲剧为喜剧、化戾气为祥和呢？"

小燕子就举起手来，激动地大喊：

"是啊！化力气为糨糊！化力气为糨糊！化力气为糨糊……化力气为糨糊……"

群众被小燕子等人闹得更加激愤，七嘴八舌地大喊：

"不要跟他们啰唆！再啰唆就打！"

"打……打……打……"

便有一群壮汉，拿了扁担、棍子，奔出人群，要打尔康、永琪、小燕子。

柳青忍无可忍，怒吼："谁敢打他们一下，我扒了你的皮！"说着，就飞跃出去。

柳青一飞跃出去，柳红就跟着飞跃出去。兄妹二人，一阵挥拳踢腿，就把拿着棍棒的人，一个个地甩了出去。

群众更是激动得如疯如狂了：

“先烧火再说！烧火！烧呀……烧呀……”

几个青年就去点火。苏母惨烈地狂叫：

“苏苏……苏苏……苏苏……”

紫薇忍不住尖叫起来：

“尔康！快救苏苏呀！”

这时，箫剑腾空而起，直飞向柱子，一阵噼里啪啦，那些柱子飞裂成了碎片。

尔康和永琪也腾空而起，两人抓住苏苏，把她从浓烟中抢救下来。

群众仰头，看得目瞪口呆，哇哇大叫：

“他们会飞！哪里来的高手？哇！哇……”

箫剑、永琪和尔康，就带着苏苏，直飞到场外。

群众大喊大叫：

“追啊！追啊……不要给他们逃掉了！”

大家抄起扁担、木棍、柴火……恶狠狠地追了过来。

这时，忽然有个眉清目秀的青年，从人群中狂奔而出，嘴里凄厉地大喊着：

“爹！你们烧了我吧！苏苏肚子里的孩子，是我的呀！”

族长一颤，顿时大惊失色，惊问：

“你的？是你的？”

青年对族长跪下，流泪喊道：

“爹……你要烧死的，是你的孙子啊！”

所有的群众，全体呆住了。众人忘了追赶尔康等人，也忘了行刑，全体瞪着跪在地上的青年。那青年痛哭流涕地说道：

"我和苏苏情投意合，可是，爹，你一定要我娶孔家小姐，我说过我不要不要……我知道我丢了你的脸、丢了正义村的脸，让我和苏苏一起死吧！"

青年说着，就爬了起来，奔向苏苏。

群众不约而同让出一条路来，让那青年跑过去。青年痛喊着：

"苏苏！原谅我……原谅我没有挺身而出……原谅我的胆小和害怕……"

苏苏哭着，叫着青年的名字：

"志伟！志伟……"

两人就忘形地向对方奔去，紧紧地拥抱在一起了。

尔康看着这一幕，脸上带着无比感动的神色，走到族长的面前，一抱拳说："恭喜恭喜！与其烧死一对有情人，不如接受一对有情人！何况，还有那个小生命呢？这儿，是我们这些不速之客的贺礼，请收下！"就从钱袋里取出一个银锭子，放在族长的手中："我们建议你，赶快给他们两个办喜事吧！"

族长目瞪口呆。

群众也呆呆地站着，一片寂静。

苏母扑奔而来，跪倒在尔康、永琪、萧剑的面前，倒身下拜，喊着：

"各位英雄，各位神仙，谢谢！谢谢！"

苏母拜完，起身，又跑过去，拜倒在族长面前：

"族长，你饶了他们两个吧！求求你！求求你……"

族长眼中含泪了，弯下身子，搀起苏母，脸色苍白地叹了口气：

"我们……办喜事吧，好不好？"

小燕子跳了起来，把手里的帕子扔到天上去，翻天覆地地欢呼起来：

"化力气为糨糊！化力气为糨糊！化力气为糨糊……化力气为糨糊……"

第
五
章

　　这天晚上，大家都非常高兴，救了苏苏，每个人都觉得心中舒畅。尤其是小燕子，不住口地在那儿嚷着：

　　"哇！今天真有成就感！我们太伟大了，能够把那个苏苏从火里救出来！我觉得好感动，看到那个苏苏和族长的儿子团聚了，真好！永琪，这就是你们常说的那一句'有感情的人到最后都会成为夫妻'……"

　　"有情人终成眷属！"永琪更正着。

　　"就是！就是！我们救人一命，胜过七张图画，对不对？"

　　"救人一命，胜造七级浮屠！浮屠是宝塔，七级浮屠是七层楼的宝塔！"紫薇笑着说。

　　"救人一命，跟宝塔有什么关系？"小燕子纳闷地问，"管他的！宝塔就宝塔！我们是八层宝塔！是九层宝塔！是一百层宝塔！哇……我好高兴，我们从那个回忆城里逃出来了，我又是'小燕子'了，好想飞，飞到天上去！"

"我看，你已经在天上了！你是我遇到过的人里，最有'生命力'和'活力'的一个！看到你这样热烈地活着，活得有声有色，真让我深深感动了！"萧剑说。

"是吗？是吗？"小燕子热烈地看萧剑。

"是！你真是一只会飞的小燕子……当初，是谁给你取了这个名字？"萧剑问。

"我也不知道！从我记得的时候起，我就叫作'小燕子'！"

"知不知道有两句著名的诗，'旧时王谢堂前燕，飞入寻常百姓家'？"

"什么王？什么燕？飞到哪里？什么百姓家？"

"现在，大家都没有家了！'处处无家处处家'吧！"紫薇感慨地说。

"好一个'处处无家处处家'！这和我那个'以天为盖地为庐'是异曲同工的！看样子，大家都是孤儿浪子，以后，就是'四处为家'了！"萧剑说。

"今天的家，就在这儿了！"柳青把大家带回到目前，"我们订了两间房，男的住一间，女的住一间！虽然简陋，总比在农人家打地铺好！"

尔康走上前来，提醒大家：

"大家都很累了，洗个澡，早点睡！今天这样一闹，我们的行迹已经暴露了！本来想在这儿多休息两天，现在，看情形也不可能了！大家养精蓄锐，明天一早就动身上路！"

金琐和柳红就把八个钱袋发给每一个人。金琐说：

"我和柳红把我们的银子、银票和值钱的东西，都分了八份，大家随身带着！每个人保护自己的财产！千万别弄丢了，这一路上，就靠这些盘缠过日子！"

大家收起钱袋，贴身藏好。萧剑就对尔康说：

"你也不要太大方了！今天，出手救那个苏苏是必需的！给贺礼就可以免了！我们虽然带了足够的盘缠，可是，路途遥远，还是要省着用！"

尔康对萧剑一抱拳，似笑非笑地说：

"教训得是！"

"别不服气了！"柳红看了尔康一眼，"人家萧剑说得有道理！你们这些公子哥儿，出手大方，成了习惯！等到钱不够用的时候，后悔就来不及了！"

"我有不服气吗？"尔康看着柳红，一笑。

紫薇忍不住帮尔康说起话来：

"尔康有尔康的用意，不这样来一下，那个族长不会松口办喜事，这个银锭子不是单纯的贺礼，是在所有人的面前，给那个族长一点压力！贺礼都到了，他还能不办喜事吗？"

尔康深深地看了紫薇一眼：

"毕竟，还是紫薇了解我！"

"原来是这样啊？我看这个正义村的人剽悍得很，会不会我们走了，他们又后悔起来，再把那个苏苏给烧了？我们需不需要等到他们成亲再走？"柳青说。

"这样最好！我最喜欢参加婚礼，我们喝完喜酒再走吧！"小燕子喊，"免得他们后悔！我看，那个族长的儿子，很怕他老子！和我们这儿的某人很像！"

"小燕子！不要指桑骂槐啊！"永琪皱皱眉头。

"指什么骂什么？"小燕子一愣，"这四个字四个字的话，你们能不能免了？"

"不能免！你有你的习惯，我们有我们的习惯，我们迁就你，你也得迁就我们！指桑骂槐，就是指着桑树骂槐树！"永琪的语气有点硬邦邦。

"指着桑树骂槐树？"小燕子又是一愣，"谁这么无聊？指着桑树骂槐树？这个人有神经病啊？为什么要骂槐树？一棵树也会招惹他吗？好端端地去骂一棵树，已经够神经了，还会指着桑树骂槐树……这人简直是个疯子，应该关进疯人院里去……"说着，眼珠一转："哦！我明白了，你在骂我，说我是神经病，是不是？"就对永琪一凶："我为什么是神经病？"

"哎……这是从何说起？"永琪喊。

"从'开天辟地'说起！从'赵钱孙李'说起！从'岂有此理'说起……"小燕子以为永琪在骂她，就一阵抢白，"四个字的话有什么了不起，我也会好多！"

"从'一鸟骂人'说起！"永琪脱口而出。

小燕子眼珠一瞪，忍不住扑哧一声笑了。

小燕子一笑，大家都跟着笑了。一场莫名其妙的"小吵"就此打住。

"正义村的闲事，我们管到现在为止！"尔康下了结论，"明天一早出发，不能再耽搁了，我已经闻出一股追兵的味道了！别忘了我们还是'钦犯'呢！"

大家都没有异议了。

这晚，有很好的月光。

客栈有个小小的花园，花园里有座小小的亭子。尔康和紫薇都有一肚子的话要说，吃过晚餐，两人就有意无意地避开了众人，走到亭子里来看月亮。

尔康见四下无人，就把紫薇的手一把握住，热情地看着她，说：

"紫薇……如果有一天，你发现我不像你想象中那么好，你会不会轻视我？"

"你怎么突然冒出来这样一句话？"紫薇怔了怔。

"我觉得'人上有人，天外有天'。人，不能自满，随时有人会把你比下去，好怕我在你心里不够完美！"

紫薇盯着他，热烈地说：

"我才怕我在你心里不够完美！"

"是吗？你会这样'怕'吗？"

"我会！但是，你是不用这样'怕'的！你在我心里，早就超越了一切！没有人能够和你相提并论……就拿我们这么一群人来说，每个人都有每个人的长处！每个人都很出色，那个萧剑也是！能文能武，深不可测！但是，你是我心里的一座山，稳稳地屹立在那儿，出类拔萃，坚定不移！"

尔康好震动，深深地凝视她。

"谢谢你这几句话，给了我太大的力量！"就低头问道，"今天，那个苏苏事件，是不是在你心里造成了阴影？"

"你怎么知道？你好可怕，总是看穿我的心事！"

"不要有阴影，上一代的事，早已过去了！"尔康深情地说，"如果你为了它想不开，那才是自找苦吃呢！"

"我不是为了上一代的事情想不开，是自从我的舅公、舅婆出现以后，心里就很不平静。接着，发生了这么多惊心动魄的事，我都没有时间好好地想一想。今天，碰到火烧苏苏的事件，带给我太大的震撼！我不禁想到我娘，是怎样度过了她艰辛的岁月，来把我养大！那个让我娘怀孕的人，不管他是谁，他都罪孽深重！如果济南的老百姓和这个正义村的一样，我娘大概已经被烧死了！"

"不要怪那个让你娘怀孕的人，如果世间没有你，就也没有我们的故事了！好险！如果你娘被烧死了，我还有什么机会遇到你呢？"尔康凝视着她，微笑起来，"你猜是怎么回事？当年，你娘有了身孕之后，玉皇大帝在天上，预知了人间几千年的事，算出在某年某月某日，我福尔康要和一个女子相遇，它绝对不能让这个女子还没出世就消失了，所以，它不允许村民发动火刑，为我福尔康保存了你的性命！"

"哦，原来是这样？"紫薇听得匪夷所思，睁大眼睛看着他。

"可不是！所以，你欠我一生一世！所以，不许再作茧自缚了！不许再东想西想了！把你的多愁善感收起来，快快乐乐地和我在一起吧！"

紫薇感动极了，不禁应道：

"是！"

尔康把她一拉，她就扑进了他的怀里。他紧紧地拥着她，看着她美目盼兮，不禁意乱神迷，俯下头，就想吻她。紫薇一个警觉，把他推开了，四面张望。

"干吗那么紧张？"

"这里的村民好保守，只怕他们看到，会把我也烧了！"

"怕什么？他们要烧，我也会陪着你一起烧成灰，化成烟！"

紫薇瞅着她，在他那样深情的眼光下，融化了。她诚挚地说：

"尔康！有你在，我真的什么都不怕了！天涯海角，跟定你了！我现在已经豁然开朗，虽然自己身世不明，犯下一大堆欺君大罪、失去了自己深深崇拜的皇阿玛……前途茫茫、后有追兵……可是，我跟小燕子一样，觉得快乐极了！好高兴，我们飞出了那个回忆城！好高兴，我有一个你，和我一起流浪！一起漂泊！"

"好美的一篇话！"尔康满足地叹了口气，"刚刚在房间里，你说'处处无家处处家'，我却觉得，自从开始流亡，因为有你在，处处都是我们的幽幽谷！如果我们可以平安地到达云南，到达那个世外桃源，我想，我曾经答应过你，我们那个美好的未来，那个有诗有梦的日子，就要实现了！"

两人眼里都闪着希冀的光芒，紧紧互视，然后，两人就忘形地紧拥在月光下，即使会被烧成灰烬，也顾不得了。

接下来，又是一段流浪的日子。这天，到了一个名叫"红叶镇"的小村庄。

车车马马走进小镇，大家都是仆仆风尘。

"前面有一家'悦来客栈'，我们停下来休息吧！"尔康说。

车子停了下来，大家下车的下车，下马的下马。

小燕子东张西望，忽然看到一群人聚集，不禁好奇地伸长脖子看。

"你们先进去，我等一会儿就来！"小燕子回头就跑。

"你又要去哪里？"永琪急喊。

"别管我，我丢不掉的啦！"小燕子已经绕过街角，跑得不见踪影了。

尔康连忙对永琪说：

"你还是追过去看着她吧！"

永琪追了过去，只见街角有一大群人聚集着，兴奋地吆喝：

"红毛赢！红毛加油！红毛胜利！红毛万万岁……"

"绿毛赢！绿毛加油！绿毛胜利！绿毛万万岁……"

小燕子早已兴奋地从人群中挤进去，嘴里嚷着："什么红毛绿毛？我黑毛来也！"

永琪跟着挤进去一看，原来，人群中间的空地上，正有两只斗鸡在彼此搏斗。群众围在四周，挤得水泄不通，分成两派，各给各的斗鸡加油。大家都激动着，个个脸红脖子粗，吼着，叫着：

"红毛赢！红毛赢！红毛赢！红毛赢……"

"绿毛赢！绿毛胜利！绿毛赢！绿毛胜利……"

斗鸡场中间，有两个斗鸡的主人，正在吆喝。

"谁要押红毛？现在还可以押！押啊！"一个喊。

"押绿毛！押绿毛……"另一个喊。

地上到处堆着铜板，大家还在加赌注，有的和老板赌，有的彼此赌。

小燕子一看到这种状况，浑身三万六千根汗毛，根根竖立，兴奋得不得了。

"我也要赌！我赌……"她转动眼珠，看看两只鸡，"我赌红毛赢！"

"快押！再晚就不能押了！"红毛的主人喊着。

小燕子掏出钱袋，拿出一块碎银子，放在地上：

"我赌两钱银子！"

"哎……小燕子……"永琪喊，想阻止，已经挽救不及，只好在旁边看。

小燕子出手太大，小镇的乡民哪儿见过，都瞪大眼睛，惊喊起来：

"哪儿来的小丫头？出手那么阔气！"

"嘿嘿！你别押错了边！我的绿毛已经胜了好多场了！"另外一个主人说。

"我押红毛！"小燕子就大声吆喝起来，"红毛胜利！红毛万岁！红毛！拿出你的看家本领来，打它一个落花流水！"

小燕子气势那样壮大，使许多人都跟着小燕子，押了"红毛"。

"红毛！咬绿毛！飞上去，扑过去！打呀！用你的尖嘴巴，咬呀！努力！你是一只最伟大的斗鸡！斗啊……打啊……"小燕子吼声震天。

人群一阵骚动，原来绿毛败下阵来，红毛赢了。众人惊喊：

"红毛赢了！红毛赢了！"

小燕子兴奋得脸都涨红了：

"哟呵！红毛赢了！红毛万岁！"

小燕子把赢得的钱全部扫到自己面前。有个群众就问小燕子：

"姑娘！你下面押什么？我们跟着你押！"

"下面是什么毛跟什么毛斗？"小燕子问。

斗鸡老板输了很多钱，非常不服气，扬着头，挑战地说：

"姑娘！要不要跟我好好地赌一场？"

"怎么赌？"

"姑娘选一只鸡，代表姑娘，我选一只鸡，代表我，我们彼此押。谁赢了谁拿钱！"斗鸡老板指着旁边的鸡笼，"不过，这些鸡是要卖的，姑娘选了哪一只，一吊钱买去！我可以让姑娘先选！"

"好！我来选！"小燕子跃跃欲试。

永琪急得不得了，拉拉小燕子的衣服。

"不要赌了！赢了一场就算了，大家都在等你呢！"

"你不要扫兴嘛！"小燕子眉头一皱，"难得碰到这样的场面，我高兴得不得了！你就让我玩玩嘛！"

永琪无奈。小燕子就选了一只貌不惊人的黑鸡。

"这只鸡好！这是黑毛，和我小燕子一样，我就买了黑毛！"小燕子兴冲冲地说，"来来来！老板，你的鸡是哪一只？"

老板选了一只很威武的鸡出来：

"我这只名字叫作'威风'！"

"好！我的黑毛要把你的威风杀得一根毛都没有！押！快押！"小燕子看看四周，得意扬扬地喊，"快押黑毛，不要错过了赢钱的机会！快押！"

小燕子说着，把赢得的钱，全部押了出去。

众人赶紧跟着押钱，七嘴八舌地喊：

"哇！这个姑娘有种！押那么大！"

"可那只鸡选得不怎么样！看起来没什么精神！"

"怎么办？押谁好啊？"

小燕子吆喝着："押我！押我！没错！我的黑毛，吃过熊心豹子胆，厉害得不得了！快押！"就把黑毛抓了起来，放到嘴边去，对黑毛郑重地说道："黑毛，你给我争一点气！只许赢，不许输，听到没有？万一输了，我今天晚上要喝鸡汤啊！"

小燕子"威胁"过黑毛以后，就把黑毛往地上一放。

众人纷纷押钱，大部分都押了"威风"。

两只鸡只斗了起来，不料，黑毛居然赢了。

小燕子乐得双手乱舞，跳得好高。群众都陷进疯狂状态了。小燕子大喊：

"再来！再来！要赌黑毛的，快下注啊！要跟我赌的，也下注啊！"

铜板、碎银子、银票堆了一地。永琪快要急死了，拼命去拉小燕子的衣服，小燕子干脆躲开他，不住地又嚷又叫。

不知怎的，这只貌不惊人的"黑毛"，居然如有神助，越战越勇，一次又一次地赢得了胜利。地上的钱，也一次又一次扫到小燕子面前。

小燕子终于玩够了，开心地看着那些钱：

"哇！我赢了！我赢了！我太高兴了！好过瘾啊！永琪，给我你的帕子，来包这些钱，我拿都拿不下了！"

永琪拿出帕子，帮小燕子包那些赢来的钱。

"姑娘！再继续赌下去吧！"斗鸡老板说。

"不能再赌了，天都黑了！"永琪嚷着。

小燕子已经尽兴了，就拎着那包钱站了起来：

"不赌了！我的鸡我拿回去！"

斗鸡老板站起身来，立刻翻脸了。

"赢了就走人？没有那么好的事！我还要押！"就拿出一锭银子，往场中一放，"你赌还是不赌？"

小燕子见那老板气势汹汹，火了：

"本姑奶奶玩够了！说不赌，就不赌了！"

老板往前一冲，伸手就去扣小燕子的手腕。小燕子正在低头抱那只鸡，没有注意，竟然给老板抓住了。老板身后，几个壮汉就亮相了。

永琪一看，老板居然敢抓住小燕子，大吼：

"放肆！拿开你的脏手！"

永琪就一掌劈了过去，那老板只感到手腕剧痛，慌忙松手：

"哪儿来的狗男女，敢来跟我撒野？"

老板一句话没说完，永琪噼里啪啦给了他好几个耳光。

"嘴里这样不干不净！输不起还摆赌局！坑了多少老百姓！你说！"永琪喊。

散去的群众又都聚集起来了，叫好的叫好，叫打的叫打，群情激愤：

"打得好，我们都输了好多钱，赢了就不放我们走……打！打……"

老板身后的大汉，就一拥而上，吼着：

"来砸场子，是不是？你们两个杂种，睁大眼睛瞧瞧我们是谁？"

小燕子气坏了，对着那些大汉，一脚踢了过去："姑奶奶好久没打架了！你们上呀！都上来试试看！"

"给我打！不要放走他们！打！打！打……"老板大叫。

"你们要打，是不是？不要后悔！"永琪喊。

永琪说完，就展开功夫，把那些大汉打得东倒西歪。那些大汉哪里是永琪和小燕子的对手，只有挨打的份，没有还手的份。永琪把每一个都打到小燕子面前，小燕子就像接力赛一样，再把那些大汉打倒在地。一阵噼里啪啦，大汉们已经摔了一地，有的摔到摊贩上，把蔬菜、水果滚落一地，有的摔到鸡笼上，把鸡笼也砸烂了，鸡飞狗跳，一团混乱。

那老板还要张牙舞爪：

"哪里来的野种？打呀……打呀……"

永琪一把抓住那老板的手腕，用力一扭，老板痛得急忙喊叫：

"哎哟！哎哟！好汉，饶命！饶命！我们有眼不识泰山，饶命啊！"

永琪把那老板摔到众大汉身上，大声说：

"今天饶你不死！你要是再敢开霸王赌局，我把你打成肉饼！"

老板和大汉们躺在地上叫"哎哟"。围观群众就疯狂地鼓起掌来，喊着：

"英雄！女英雄！万岁！万万岁！"

小燕子好生得意，像走江湖卖艺的人一样，对群众抱拳为礼：

"谢谢！谢谢！"

小燕子就拎起那包钱，抱起那只鸡，昂首阔步地走了。永琪赶紧跟了过去。

尔康和紫薇等人，早已梳洗过，都聚集在客栈的小餐厅里，叫了一些小菜，准备吃晚餐，但是，小燕子和永琪不知道去了哪里。大家等来等去不见人影，只得边吃边等。本来柳青想去找，尔康沉稳地说：

"不用不用！大家都要学习自己照顾自己，要不然就太累了！我们先吃，他们说不定已经在外面吃小摊了！小燕子那个人，才不会让自己饿肚子！"

"说得也是！"柳红赞成，"明知道是吃饭的时间，她不回来，我们只好自己管自己！我饿死了！"

大家就吃起饭来。正吃着，忽然间，有一包钱往桌上一放。同时，大家听到一阵咯咯咯的鸡啼声。大家惊讶地抬头，只见小燕子胳肢窝里夹着一只大黑鸡，得意扬扬地站在那儿。

永琪带着满脸尴尬的笑，站在小燕子身后。

那只黑鸡咯咯叫着，又扑翅膀又扇风。

萧剑大惊，指着黑鸡问道：

"这是什么？"

小燕子一屁股坐了下来，瞪大眼睛说：

"你真笨！这是什么你都不知道吗？这是一只公鸡！一只黑色的大公鸡！"

大家真是糊涂极了，瞪着那只鸡，再瞪着小燕子。尔康说：

"我知道那是一只公鸡，你抱着一只公鸡做什么？"

"它是我买的！它的名字叫作'黑毛'！"小燕子看着尔康，"你不是说'死有红毛绿毛'吗？我小燕子是黑毛，这只鸡也是黑毛，跟我小燕子一样，厉害得不得了！今天帮我打仗，打得轰轰烈烈！来……"就低头对公鸡说："黑毛，我要慰劳你一下，你爱吃什么？"伸手拿了一块排骨，就要去喂鸡。

大家你看我，我看你，越看越糊涂。

"永琪，这到底是怎么回事？"尔康问。

"这是一只斗鸡，小燕子买的！"永琪坐了下来，拍拍那包钱，"这是小燕子赢来的！也是那只斗鸡赢来的！你们懂了吧？"

众人惊看小燕子，小燕子笑得好得意，扬着眉毛说：

"你们没有看到，永琪今天真是神勇极了！那些摆赌局的老板，都是坏人，输了钱给我，就不放我走！永琪和我把他们狠狠地教训了一顿，打得他们落花流水，求爹爹告奶奶，过瘾得不得了！”

“你们又跟人打架了？”柳青大惊。

“不是说好路上不许出事、不许跟人打架的吗？”柳红跟着叫。

“什么‘不许’？不许也得许，要不然就会被人欺负！”小燕子说。

那只黑鸡在小燕子胳肢窝下面又叫又挣扎。金琐坐在小燕子身旁，被扇了一头灰，金琐躲着，喊：

“小燕子！你预备把这只鸡怎么样？还不赶快把它放了？”

“放了？”小燕子睁大眼睛，“怎么可以放了？它是我的大功臣耶！我要养它！”

“什么叫作养它？”尔康惊喊，“我们在逃难啊！你还要养一只斗鸡？”

“它可以帮我们赚钱啊！”

“我们还没有沦落到要靠斗鸡来赚钱吧？”

“哎呀！你们真小气，一只鸡能吃多少粮食？我抱着它睡觉、带着它上路！不要你们管！”小燕子任性地说，有些不高兴了。

“你要抱着它睡觉？带着它上路？”金琐的眼睛也睁得好大。

“可不是！”

“那……”金琐立即宣布，“我不跟你睡一张床！”

柳红也抢着说：

“我也不跟你睡一张床！”

小燕子就欢笑着喊道：

"紫薇！那只好你跟我睡一张床了！我们有福同享，有难同当，有鸡同抱！"

"天啊！"紫薇大叫，一头栽在饭桌上，表示晕倒了。

大家又笑又摇头。

结果，那晚，紫薇和柳红、金琐挤在一张床上，小燕子带着她的黑毛，霸占了另外一张床。这一夜，在鸡声咯咯中，应该人人睡不好才对。可是，大家都睡得好沉好沉。直到日上三竿，居然没有一个人醒来。尔康觉得奇怪，跑来拼命打门，喊：

"紫薇！小燕子！吃早饭了！怎么还不起床呢？要出发了！"

小燕子被喊声惊动了，迷迷糊糊地翻了一个身，摸索着她的黑鸡。摸来摸去摸不到，她带着浓重的睡意，喊着："黑毛，黑毛……你在哪儿？"她猛然坐起身来，醒了。"黑毛？"她到处找黑毛，"你去了哪儿？怎么不见了？"

尔康在外面拼命打门：

"小燕子！紫薇，你们起来没有？"

小燕子对门外喊着："就来了！就来了！"她冲到紫薇那张床边，摇着紫薇、金琐和柳红："喂喂，你们有没有看到我的黑毛？"她钻到床下寻找，喊着："咯咯鸡！咯咯鸡……黑毛！出来！出来……不要跟我躲猫猫啊！咯咯鸡！咯咯鸡……"

紫薇、金琐、柳红都被她的"咯咯鸡！咯咯鸡……"吵醒了，揉眼睛的揉眼睛，伸懒腰的伸懒腰。

“怎么好累……好想睡！”紫薇说。

“是啊！”金琐打了一个哈欠，“我再睡一下！”又倒上床。

小燕子从床底下钻出来，摇着金琐：

“不要睡了，我的黑毛不见了！”

金琐睡意蒙眬地说：

“黑毛不见了，白毛在不在呢？”

“什么白毛？哪里有白毛嘛！”小燕子喊。

柳红伸着懒腰跳下床：“等我穿好衣服来帮你找！”就去椅子上拿包袱，顿时一惊：“包袱呢？”大叫：“金琐！金琐……”

金琐从床上直跳起来。紫薇吓得从床上掉落地：

“什么事？什么事？”

柳红一把拉住了紫薇，喊：“我们的包袱和行李呢？”四面张望，伸手一摸腰间，大叫：“天啊！”

“怎么了？怎么了？”

“你们的钱袋还在不在？”柳红问。

三个姑娘全去摸钱袋，顿时间，大家脸色惨变。腰间的钱袋，全部被人剪断了绳子，偷走了。

“不好了！我们被偷了！我们住了贼店！贼店……”小燕子大叫。

四个姑娘发现昨天穿的衣裳还在床栏杆上，就手忙脚乱地穿好衣服。

柳红打开房门。尔康、柳青、箫剑、永琪一拥而入。

“发生了什么事了？”永琪急急地问。

"我们被偷了，我们的钱袋、包袱、行李都不见了！"紫薇恐慌地说。

"还有我的黑毛！"小燕子嚷。

四个男人全部傻眼了。柳青掉头就走：

"我去找客栈老板办交涉！"

箫剑走到窗前，到处检查，在地上发现一段熏香，他俯身捡了起来，沉吟地说：

"她们中了江湖上下三烂的道儿！迷魂香！所以，她们睡得那么死！我想，这事和客栈老板没有关系……因为，那只黑鸡也丢了！哪有用迷魂香还偷鸡的？这是那帮摆赌局的人干的！"

小燕子气得跳了三尺高，大叫：

"我要找他算账！我要打他一个落花流水……哇！气死我了！气死我了……"

小燕子喊着，就像箭一样冲出门去了。尔康赶紧喊：

"永琪！快去抓住她！我们不能报案，不能声张……她又要闯祸了！"

小燕子冲到了昨天斗鸡的地方，只见斗鸡场中，一个人影也没有，小燕子大喊：

"斗鸡的！你们在哪里？有种就给我出来！混蛋！干些偷鸡摸狗的事情，不要脸！你们给我滚出来……滚出来……"

永琪追了过来，拼命去拉小燕子：

"好了！小燕子，你这样大吼大叫一点用处都没有！他们早就逃得无影无踪了！我们还是先回客栈，检查一下灾情再说！"

小燕子气得暴跳如雷，又踢墙、又踢地：

"看吧！我会报仇的……等到他栽到我手里的时候，我要剥了他的皮，把他剁碎了喂猪！气死我了……哇！气死我了……"

几个路人和摊贩，好奇地回头观望，永琪急忙阻止她，着急地说：

"不要叫了！不要叫了……你要把官府的人叫来吗？快跟我回去吧！"

永琪就拖着小燕子往回走。小燕子兀自气冲冲，还在那儿骂来骂去：

"有种就出来跟我打！用熏香，下三烂的小偷！如果给我抓到，我要你好看！我要用熏香熏你三天三夜……把你变成一只'熏鸡'！"

忽然，街上出现一队官兵，拿着画像，拦住路人追问：

"有没有看到这样几个年轻人，三个很标致的姑娘、两个年轻的男子……你们看看清楚！有没有？有没有……"

永琪一见，拉住小燕子，掉头就往客栈飞奔。

尔康和箫剑等人，已经把客栈老板找来了。那老板知道他们丢了东西，吓得脸色发青，苦着脸，向尔康等人打躬作揖：

"各位客官，小店真的不知道是怎么回事，小店在这红叶镇，已经开了三代的客栈，我上有八十岁老母、下有六岁小儿，如果我开了黑店，让我家老老小小，一家子死绝……"

"发毒誓有什么用？反正东西在你的店里丢的，你就要负责任！"柳青嚷着。

尔康义正词严地说：

"你的店里发现熏香，我只要把证物送进官府，你也逃不掉干系！就算东西不是你们同伙偷的，你也有义务帮我们追回！我问你！在街上摆斗鸡摊子的人，姓什么？叫什么？住在哪里？"

"小的不……不知道！"老板头一缩，吞吞吐吐地回答。

柳红往前一站，大吼：

"你说不说？以为我们好欺负，是不是？"

老板看看这些男男女女，觉得对方不大好惹，赶紧说道：

"那是这儿的土霸王，两个老板是串联的！一个名叫张全，一个名叫魏武，住在源头沟大庙口十六号！小的给各位磕头，千万不要说是我说的，要不然，我家老老小小还是活不成……"

"岂有此理！这儿还有王法吗？"尔康喊。

"我们不要浪费时间了！"萧剑盯着老板问，"那个大庙口怎么走？"

"这小镇就两条街，出了门往右拐就是……"

老板话没有说完，小燕子、永琪气急败坏冲进房间。永琪急急地说：

"东西不要追了，丢了就算了！大家赶快走！上路要紧！"

大家一看两人神色，已经心知肚明，全部神色一凛。

第
六
章

　　大家就这样仓皇上路了，上车的上车，上马的上马，不敢走大路，大家决定往山里走，向着南方的山区一阵狂奔。

　　经过一段疾驰，车车马马进了一座荒山。

　　大家看看没有追兵追上来，这才把速度放慢了。永琪不住回头看：

　　"好像把追兵摆脱了！我们下面一站是到哪里？"

　　"如果沿大路走，应该快到六河沟了！可是，现在这条路，到底通到哪里，我也搞不清楚了！"箫剑说。

　　尔康想着经过，心有余悸地说：

　　"从今天晚上起，我们几个男人，要轮流守卫，不能全体睡得那么死！几个姑娘，没有防范能力，大家要小心一点！那些强盗居然会用熏香，我想想就害怕，还好他们昨晚只偷财物，如果他们心术再坏一点，占了她们几个的便宜，我们岂不是得一头撞死？"

永琪拼命点头，义愤填膺地说：

"就是！我一想到那些钱袋，她们都是贴身带着，现在居然被偷，我就恨不得把那些强盗碎尸万段！"

"就这么决定了，从今晚起，我们男人守卫！一来防追兵，二来防坏人！"萧剑也是脸色凝重地说。

马车内，紫薇、小燕子、金琐坐在车里，大家好泄气。金琐拿着几个新装好的钱袋，交给紫薇和小燕子，说：

"还好他们几个身上的东西都在，我们把剩下的财产重新分配了！尔康少爷说，大家还是要分散带着钱！来，我们赶快把钱袋藏藏好！今晚，我会把一些首饰缝进我们的内衣里，那就不容易被偷了！"

大家收拾好钱袋。小燕子气得脸色铁青，咬牙大骂：

"我就是背！难得赌一次钱，又赢了，开心得不得了！结果碰到强盗土匪！怎么有这样坏的人？坏蛋！混蛋！王八蛋！臭皮蛋……害得大家丢了钱，损失那么多，都是我贪玩，我坏……我没用……"说着，啪的一声，打了自己一耳光。

紫薇急忙用手搂住她，安慰说：

"不要难过了！这不是你的错！看到斗鸡，你忍不住赌一赌，苦中作乐一下，本来就是人之常情！谁知道那些摆赌局的人那么坏……这些坏人，一定不会有好报！我们不要让他们破坏了兴致！好在，尔康他们的盘缠都在，马车上还有我们的一些衣服，所以，我们凑合着，还过得去！你就不要怄了！"

小燕子用手压着胃，一气之下，胃痛的老毛病又发作了：

"可是……我就是很怄啊！我的黑毛，也给他们偷走了！"

紫薇笑了，说：

"黑毛被偷走，我倒要谢天谢地！坦白说，我可以跟你'有福同享，有难同当'，但是，要'有鸡同睡'，我实在做不到！"

小燕子惊看紫薇：

"盘缠都丢了，你怎么还笑得出来？"

"李白有两句诗写得最好，'天生我材必有用，千金散尽还复来'！意思是说，老天创造了我，我一定有用！就算千千万万的财产，用完了还会再来！"

"哇！这个李白，总算说了两句我爱听的话！'天生'什么？"

"天生我材必有用，千金散尽还复来！"

"天生我材必有用，千金散尽还复来！诗是写得很好，可是，我不知道千金被我弄丢了，怎么'再来'？"小燕子说着，就突然敲打车顶，大喊，"柳青、柳红！停车！停车！"

柳青、柳红不知道发生了什么大事，急忙停车。尔康、永琪、萧剑也勒住马。

小燕子从马车里跳了出来，毅然决然地说：

"尔康，你带着大家往前走！永琪，你陪我回到那个红叶镇去！我想来想去，咽不下这口气，我还要找那两个混蛋算账！"

柳红急了，大喊：

"小燕子，不要出花样了！这个节骨眼，大家最好不要分开！"

小燕子哪里肯听，拉住永琪的马缰，急急地说道：

"永琪！我们快马回去，抢回我们的东西，打他一个落花流水！然后再快马跑过来加入大家！走吧！"

"不行！那个红叶镇已经都是官兵了，你还要回去送死！小不忍则乱大谋！东西丢了就算了！"尔康正色阻止。

"什么'小人大'？我不服气，我气得胃也痛，头也痛……"小燕子叫，"永琪，你到底要不要陪我回去？"

"尔康说得有理，我们好不容易跑了这么远，哪有再回去的道理？你到马车里去，不要胡闹了！"永琪说。

小燕子捧着胃跳脚：

"不行不行嘛！如果不去把东西找回来，我会怄死，难道你们要我死吗？哎哟！气得我胃痛、头痛、浑身都痛！"

萧剑忍不住了，策马过来，伸手给小燕子，有力地说：

"上马！我带你去要回我们的东西！"

小燕子大喜，伸手给萧剑，嘴里大喊：

"萧剑！你真好！你真是我的'哥们'！是我最好最好的朋友！"

萧剑就一把拉起小燕子，把她拉上了马背，回头对众人喊道："你们先走一步！我们马上回来！小燕子的安全，我会负责！驾……驾……驾……"萧剑一拉马缰，就带着小燕子，绝尘而去了。

尔康、永琪大惊。永琪急喊：

"小燕子……小燕子……我也去！"

永琪勒马要跑，尔康一把拉住了永琪的马缰，急喊：

"不要再去了！冷静一点！我们在这儿等一会儿，不要一个追一个，大家越来越分散！萧剑的武功够好，他会保护小燕子的！"

永琪看着人影都已不见的小燕子，又急又气。这一下，轮到他胃痛头痛了。

萧剑带着小燕子，一口气冲回了红叶镇。

他们很快就找到了大庙口十六号，萧剑下了马，走上前去，站在门口，大喊：

"张全！魏武！大生意来了……有人要你们摆场子……"

两个斗鸡老板欢天喜地出门来：

"谁要摆场子……"

老板话没说完，小燕子从萧剑身后飞跃而出，劈手给了那老板一个耳光。

"赶快把我们的东西还来！"小燕子大叫。

"哟！是你！什么东西还来？钱都给你赢去了！你还不够吗？"斗鸡老板惊喊。

萧剑上前，抓住张全和魏武，让他们头对头一撞，撞得两人大叫。

小燕子就砰然一声，破门而入。

门内，几个大汉迎了过来。一看是小燕子，个个抱头鼠窜：

"我们好男不和女斗！"

萧剑拉着两个老板，拦门而立，见到大汉奔出，就用两个老板当武器，乒乒乓乓地打向众人。一时之间，这个叫爹，那个叫娘，打得众人摔的摔，飞的飞，跌了一地。小燕子就满屋子寻找，一眼看到自己的包袱，大叫："包袱在这里！"再找，在屋角找到了一把熏香，大喜："箫剑！我找到熏香了！你把他们两个倒提起来，我要用他们的鼻孔当香炉，插上这些熏香，好好地熏他们一下！让他们自己尝尝熏香的味道！"

"好！这个方法好极了！以其人之道还治其人之身！"箫剑说。

小燕子听不懂"以其人之道还治其人之身"，接口说：

"什么七人六人，我也没数，那些走狗就算了，我们先治这两个坏蛋！"

箫剑就把两个老板打倒在地，先把张全倒拎起来。

张全还弄不清楚小燕子要做什么，喊着：

"那个不是熏香，是我们供菩萨用的香，我们只是偷了你们的包袱，没有用什么熏香……"

"哦？是供菩萨的香？我就把你供起来！"

小燕子说着，点燃了几根熏香，就对着张全的鼻孔一插。

张全顿时杀猪般叫了起来：

"女王！饶命啊！饶命啊！阿……阿……阿嚏！"

他打了一个大喷嚏，熏香掉了几根出来，小燕子抓起熏香，再对他鼻孔一插。

"你如果再敢打喷嚏，我就把你的鼻子割掉！"小燕子气势汹汹，威胁地喊。

"啊……啊……"张全不敢打喷嚏了，拼命忍住喷嚏，眼泪直流，"女王！饶命啊！饶命啊！"

萧剑厉声问：

"钱袋在哪里？赶快交出来！"

魏武一看这种状况，已经吓得屁滚尿流，从地上爬了起来，浑身发抖地说道："我拿……我拿……"就去墙边一个坛子里，拿出两个钱袋："只有两个了，其他的……都分掉了……分掉了……"

小燕子劈手夺回了两个钱袋，掖在身上，一脚踹翻了魏武：

"居然把我们的钱分掉了！混蛋！这个也不能饶！今天，我让你们两个变成熏鸡！"

张全已经被熏香熏得头昏脑涨了，萧剑一松手，他就瘫倒在地。

萧剑就拎起魏武，喊：

"小燕子！第二个香炉又来了！"

"两位好汉！两位英雄！我错了！我不敢了……姑奶奶救命啊！"魏武惨叫。

小燕子把燃着的熏香再插进魏武的鼻孔，嚷着：

"姑奶奶有仇必报！"

"哎哟……哎哟……哎哟……"魏武惨叫连连。

"以眼还眼！以牙还牙！过瘾！"萧剑大笑着说，一松手，魏武也摔落在地。

小燕子睁大眼睛问：

"什么眼啊牙啊？你的意思还要在他们眼睛里和嘴里也点熏香吗？"

两个老板吓得魂飞魄散，抖成一团，颤声喊着：

"两位大英雄，两位活菩萨！饶命啊……小的给您磕头了……磕一百个头，一千个头，一万个头……阿嚏！阿……嚏！阿……嚏！阿……嚏……"

两人就被熏得连续不停地打喷嚏。

萧剑一拉小燕子，说：

"我们走吧！此地不能久留！钱，追回一点是一点！气出了就行了！"

"是！"小燕子有力地回答。

小燕子拎起包袱，两人飞快地出门去。

萧剑一吹口哨，马儿奔来。萧剑弯腰，拾了一把石子放在口袋里。

二人跃上马背，疾驰而去。进到红叶镇的市区，就看到几个正在沿街询问的官兵，那些官兵被马蹄声惊动了，用长枪一拦，喊道：

"什么人？赶快下马！我们要检查！"

"检查？谁会给你检查？"

萧剑说着，手一扬，手里的几颗石子像箭一样射向官兵，官兵一阵"哎哟哎哟"，摸脖子的摸脖子，摸脑袋的摸脑袋，摔落地的摔落地。

萧剑带着小燕子，已经急冲而去了。

小燕子兴奋得不得了，嚷着：

"你用什么打他们？你还会暗器？那是什么东西？"

"几颗小石子而已！"

尔康、永琪、紫薇等人，一直在原地等箫剑和小燕子。他们在山谷中，引颈翘望。大家都急得不得了，永琪更是一脸的焦灼和郁闷。

"怎么还没有回来？去了好半天了！这么任性，想干什么就干什么，一点责任感都没有！那个箫剑也是，就这样由着她胡闹！"永琪烦躁地说。

"你不要着急，"紫薇安慰地对永琪说，"箫剑很知道分寸，如果他没有把握，他不会带着小燕子折回红叶镇，既然他这么做，一定是信心十足的！"

"我知道箫剑本领大，功夫好！"永琪大声说，"可是，他不了解小燕子，小燕子的突发状况，他根本不能应付！"

尔康拍拍永琪的肩：

"小燕子的突发状况，是任何人都无法应付的！着急也没用了！只好等！这也让我想起一件事来！我们这一路，像今天这种分散的局面，可能还会再发生，我觉得，需要研究一个办法，万一大家分散了，怎么再团聚？不能一个等一个，万一等不到同伴，说不定等来敌人！"

"对极了！我提议，如果分散了，我们沿路做暗号！这样，万一谁被敌人俘虏了，也可以告诉别人，到哪儿去救。"柳青点头说。

"好！我们每人都有一个简单的暗号，例如，我是一朵小花，我们用尖锐的石头，或任何可以画画的工具，在墙角或

是树干上面，刻下暗号，再刻一个箭头，标明去向！"紫薇
说。

"我不会画画，我就用一个圆圈代表！"柳红说。

"那……我是一把锁，我就画一个锁的样子！"

"锁太复杂了，你就画一个叉叉就好了！"柳青接口，
"我姓柳，我画一条细长的柳条儿。"

"我写一个'五'字。"永琪说，"小燕子是一只鸟，箫剑
简单，画一把剑，或是一支箫都可以！尔康，你呢？"

"我就画一张笑脸好了！"尔康说，"就这么说定了！大
家记好自己的暗号，如果时间紧急，没办法画暗号，就只好
沿路丢下一些身边的东西，例如帕子、簪子、玉佩带子、腰
带……我想，一个人挂单的情况是绝对不可能发生的，但是，
两三个人分散是很可能的！我们未雨绸缪，总是万无一失！"

大家正说着，小燕子和箫剑快马奔来了。

众人精神一振。

小燕子老远看到众人，就挥着手大喊：

"永琪！尔康！紫薇……我们回来了……"

大伙迎上前来，小燕子翻身落马，她笑得像阳光一样灿
烂，从腰间拿出两个钱袋，往永琪手里一塞：

"瞧！没有白跑吧！我们追回了两袋钱！其他的，居然给
他们分掉了！箫剑说不能耽误，所以就急忙回来了！"

"你把他们打得落花流水了吗？"永琪问。

小燕子欢笑着：

"那些王八蛋，胆敢拿熏香熏我们，所以，我把他们当作

香炉，插了一鼻子的熏香，现在，他们八成已经成了熏鸡！"

"真的吗？"尔康听得匪夷所思，看箫剑。

"如假包换！"箫剑笑得和小燕子一样灿烂，"这个小燕子，报仇的方法别树一帜，我服了！"就脸色一正，看大家："我们赶快上路吧！追兵已经在搜查红叶镇，我想，我们的行踪已经被发现了！"

众人赶快上车的上车、上马的上马。

紫薇、金琐、小燕子上了车。小燕子往坐垫上重重地一坐，佩服地说：

"紫薇，你不知道，那个箫剑好了不起，他还会暗器耶，拿了几颗石子，就把追兵打得哇哇叫！"

紫薇深深地看了小燕子一眼，伸手握住她的手。

"小燕子，你跟那个箫剑，保持一点距离吧！"

"就是嘛！"金琐瞅着小燕子，"你没看到五阿哥的脸色吗？你把人家当'哥们'，五阿哥可不这么想！"

小燕子愣了愣，这可是她压根儿没想过的问题，她瞪着车窗外，出起神来了。

两个格格失踪好久了，五阿哥和尔康、金琐也跟着不见了。漱芳斋变得那么冷清，那么安静，那么寂寞。小邓子、小卓子、明月、彩霞四个，觉得日子都快过不下去了。这天，四个人围着那只鹦鹉，满脸凄凉地听鹦鹉喊叫：

"格格吉祥！格格吉祥！"

小卓子好难过，骂道：

"小骗子！你真是笨！以前格格在家的时候，要你说一声

‘格格吉祥’，比登天还难！这会儿，格格都走了，你倒是每天喊‘格格吉祥’！你是不是存心要让我们几个伤心呢？”

“不知道两位格格现在在哪儿。”小邓子喃喃自语着，就祈祷起来，“上有天，下有地，天地君亲师全体保佑，保佑两位格格大难不死，逢凶化吉，身体健康，事事如意！千万千万不要被追兵抓到！”

“天气越来越冷了，”明月担心地说，“两位格格的衣服不知道够不够。我做了两件棉袄，可又不知道怎么送去给她们。”

“你真笨！这时候，做什么棉袄？”小卓子看明月。

“做总比不做好！格格回来的时候，还可以穿呀！”彩霞说。

“回来？怎么可能再回来？”小邓子瞪着眼睛说，“皇上要砍他们的脑袋呀！抓回来就没有脑袋了，所以，大家还是祷告两位格格不要回来吧！”

彩霞伤心起来：

“两位格格走了，金琐走了，五阿哥和福大爷也走了……这个漱芳斋就变了一个样，连皇上、老佛爷、皇后他们，都不来漱芳斋了！每天这么静悄悄，我觉得简直活不下去，好想格格她们啊！不知道这一辈子，和她们见得着，还是见不着了。”

“你不要再说了，再说，我就要掉眼泪了！”明月就擦起眼泪来。

明月一掉泪，彩霞就跟着掉泪了。两个宫女一掉泪，两个太监也擦泪了。

几个人正伤心，外面传来太监大声的通报：

"皇上驾到！"

小邓子抬头看着鹦鹉，握着拳头骂道：

"不要再骗我们了，骗也骗不到了！两位格格不在，别说皇上，阿猫阿狗都不来我们这儿了！你住口！不要再喊'皇上驾到''老佛爷驾到'了！你吓不了我们，只会让我们伤心而已……"

小邓子话没说完，觉得有点不对劲，猛一抬头，赫然发现乾隆站在面前。

小邓子这一惊，非同小可，急忙跪下，大喊：

"皇上吉祥！皇上万岁万岁万万岁！"

小卓子、明月、彩霞才惊觉地把视线从鹦鹉身上调回来，一看，大惊，全部匍匐于地，发抖地磕头喊：

"皇上吉祥！"

乾隆看着他们几个，脸上，是一片萧索的神情。

"你们在做什么？"

"回皇上，没做什么，在喂鹦鹉！"小卓子回答。

"喂鹦鹉啊？"乾隆困惑地看着众人，"喂鹦鹉怎么把大家的眼睛都喂得红红的？"

"万岁爷，"明月眼泪一掉，"奴婢们喂着鹦鹉，就想起格格们来了！想起格格们，就忍不住伤心了！"

"哦！"乾隆颇为震动，抬头看着那只鹦鹉，眼前，不禁浮起鹦鹉大闹御花园，小燕子满院子追鹦鹉，把太后、皇后撞得七荤八素的情景。那种热闹，转眼间，已成追忆了。他想着想着，就有些感伤起来，看着鹦鹉，出神地问："这只鹦鹉，名字叫作'坏东西'，是不是？"

彩霞见乾隆和颜悦色，有些安心了：

"回皇上，本来名叫'坏东西'，后来，格格给它改了名，叫'小骗子'！"

"坏东西，小骗子！小燕子养的鸟儿，都像小燕子……"乾隆喃喃地说，四面看看，情绪寥落，心想，这个漱芳斋，怎么这样冷冷清清的？事实上，整个皇宫，都是冷冷清清的！乾隆想着，就在椅子里一坐："彩霞，给朕泡一杯茶来！"

"是！"

两个丫头就忙着泡茶。小邓子、小卓子忙着去端点心。

乾隆捧着茶，喝了一口，眼前浮起紫薇的影像：

"这是西湖的碧螺春，听说皇上南巡时，最爱喝碧螺春，奴婢见漱芳斋有这种茶叶，就给皇上留下了！您试试看，奴婢已经把外面的叶子摘了，只留了叶心的一片，是最嫩的！"

乾隆出起神来，眼前，又浮起小燕子的影像，看到她调皮的脸孔：

"皇阿玛！你不是人，也不是鬼，你是神啊！"

乾隆正在出神，窗前的鹦鹉忽然大叫：

"格格吉祥！格格吉祥！格格吉祥……"

乾隆整个人从椅子里弹了起来，惊喜地四望，难道是她们回来了？

彩霞屈了屈膝：

"皇上，是那只鹦鹉，它总是这样，一天到晚骗我们！"

乾隆颓然地坐下，感到心中一阵抽痛，心想：

"那两个丫头，闯下滔天大祸，犯下几百几千个'欺君大罪'，可是，朕为什么还是这样怀念她们呢？还有永琪和尔康，他们到底流落何方呢？有没有吃苦呢？"

乾隆正在思索中，外面传来太监大声的通报：

"令妃娘娘到！"

乾隆抬起头来，只见令妃带着两个大臣，急步而入，看到乾隆，赶紧请安：

"皇上，到处都找不着您，原来您在这儿！祝大人有急报！"

两个大臣就甩袖一跪：

"皇上吉祥！臣祝祥叩见皇上！"

乾隆震动地问：

"你们是不是找到他们了？"

"启禀皇上！已经发现他们的行踪了！皇上曾经指示过，如果发现踪迹，要先行禀告皇上！所以特地前来回报！"大臣说。

"他们在哪儿？"乾隆精神一振。

"回皇上！在六河沟境内，有个正义村，他们在几天前，曾经在那儿救下一个要遭火刑的姑娘！据描述，武功身手、男男女女，都和两位格格、五阿哥、福大爷完全相似！我们已经派了最好的好手，继续去追踪了……但是，不知道皇上要如何处置他们！他们身边，还有武功高手，如果要擒拿，恐怕会有伤亡！"

乾隆一拍桌子，怒道：

"什么'恐怕会有伤亡'？朕已经说了多少次，要'活捉'他们！一个都不许伤害！你们赶快派武功高手去，就是把六河沟给朕拆掉，也要把他们全体捉回来！知道吗？"

"喳！臣知道了！"大臣躬身要退。

"回来！"乾隆喊，"朕再告诉你们一次，不许伤害他们！要'毫发无伤'地捉回来，懂了吗？快去！"

"臣遵旨！"两个大臣惶恐地退了出去。

令妃走到乾隆面前，深深地看着乾隆，对乾隆屈了屈膝：

"皇上，你的'毫发无伤'，让臣妾感动极了！如果真把他们捉回来了，能不能再网开一面呢？"

乾隆看着令妃，默然不语。

在坤宁宫里，皇后和容嬷嬷也在密谈。

"什么？发现踪迹了？皇上说'毫发无伤'？没有错吗？不是'格杀勿论'吗？"皇后惊异地问容嬷嬷。

"不是！巴朗说，皇上说的是'不许伤害他们'！"

皇后瞪着容嬷嬷：

"这……代表什么意思？皇上心软了？"

"娘娘！依奴婢看，皇上经过了这一段日子，恐怕气也消了，对于香妃娘娘的事，也认了！说不定又怀念起那两个丫头来，毕竟，五阿哥是皇上最爱的儿子！人都一样，就连皇上也一样，在失去一个人的时候，往往最想念那个人！皇上会去漱芳斋，就是一个明证！奴婢觉得，五阿哥如果回来，恐怕会'死灰复燃'！"

"死灰复燃？"皇后不敢相信的，"他们犯下那么大的滔天大祸，怎么可能再'死灰复燃'？就算活捉了回来，也是关一辈子的监牢了！"

"关不关，是皇上的一句话！杀不杀，也是皇上的一句话！原谅不原谅，也在皇上一念之间啊！"

皇后沉吟着，一甩帕子，毅然抬头：

"你去把巴朗叫进来，我要跟他密谈！"

"喳！"

逃亡中的紫薇尔康等人，这天晚上，走到一个很荒凉的山区。大家又累又冷，却找不到一个可以栖身的地方，好不容易，发现在山坳里，有一座破庙。尔康和永琪带头，手里都举着火把，走进破庙。紫薇、小燕子、箫剑、柳青、柳红、金琐等人跟随，进了破庙，只见许多狰狞的佛像，在火把的光影下摇摇晃晃，四周阴风惨惨，暗影幢幢。金琐缩着脖子，几乎躲到柳红的怀里去了，害怕地说：

"我们今晚真要住在这儿吗？我觉得这里阴森森的，好可怕！我宁愿睡到马车上去！也不愿意睡在这里！"

"我也是！我也是！"小燕子立刻回应。

"不要挑三挑四了！"尔康很权威地说，"外面怎么能睡？已经快入冬了，夜里好冷！睡马车会冻病的，这儿好歹可以遮风避雨！瞧，墙角那儿有稻草，我们把稻草铺在地上，把马车上的棉被拿来盖，大家打地铺，将就将就！"

柳青、柳红就去搬稻草。谁知，蓦然之间，稻草堆里跳出一个瘦筋筋的人来，披头散发，阴森森的，声音平平地说：

"我是鬼！你们连鬼的稻草都要抢，不要命吗？"

柳红大骇，回头就跑，大叫：

"有鬼！有鬼！有鬼呀……"

柳红这一叫不要紧，金琐吓得一个尖叫，抱住了小燕子：

"有鬼！有鬼！快逃！快逃……"

小燕子往外就跑，差点把紫薇撞翻，几个姑娘抱在一起，乱喊乱叫。

尔康不信邪，用火把一照，只见各个角落，披头散发的男男女女，全部现形，一个个人影绰绰地站了起来，发出鬼哭狼号之声：

"呜……呜……呜……"

"啊……啊……啊……"

众鬼就张牙舞爪地，行动缓慢地逼近过来。

紫薇、金琐、小燕子、柳红吓得尖叫着，往外飞奔。

永琪急忙护着小燕子，喊：

"小燕子，别怕，有我挡在前面，谁都伤害不了你！"

"大家不要乱！不要跑！"尔康急呼，气势凛然地说，"我要看看这些鬼，长得什么样子。生平没看过鬼，今天见识见识也好！"

尔康这样一说，永琪也大声回应：

"对！我也没见过鬼！今晚，我们的运气真好，可以大开眼界了！尔康，让我们照照看！"

尔康和永琪说着，两人就带着一股大无畏的精神，拿着火把，直送到一个鬼的面门上。只见那个鬼长发披肩，尔康就大吼一声：

"看样子，你是个长发鬼！我先把你的头发胡子烧了再说！"

尔康就用火把去烧那个长发鬼的头发胡须。

长发鬼大惊，差点被烧到，急忙后退，嚷着：

"你怎么比鬼还凶？"

尔康怒喊道：

"我们已经是虎落平阳了！被追兵追赶，被强盗土匪偷抢……现在，还要被鬼欺负！这是什么世界？男鬼女鬼，你们通通上来吧！看看是鬼厉害，还是人厉害！"

尔康说着，就用火把，去烧那个长发鬼。

长发鬼闪避着火把，脚下一绊，居然摔了一个狗吃屎，顿时呻吟起来：

"哎哟！哎哟……"

尔康就一脚踩在长发鬼的胸口，大声问：

"你是一个什么鬼？给我说清楚！不说清楚，我再踩死你一次！"

长发鬼在地上打躬作揖起来，喊道：

"好汉饶命啊！我们没办法啊……除了装鬼，大家活不下去啊……"

"原来是些假鬼！"柳青大喊，"我就说，这些鬼连菩萨都不怕，也太嚣张了吧！"就回头喊："金琐、紫薇！不要怕！是假鬼！"

“多找一些火把来，让我们把这些假鬼看看清楚！”箫剑也喊。

柳青、柳红不害怕了，大家在墙角找来许多火把。火把一一点燃，大家拿着火把一照，只见那些“鬼”，全是一些衣不蔽体的乞丐，个个披头散发、面黄肌瘦。老人孩子都有，看来非常可怜。“长发鬼”就跪在地上，磕头说道：

“各位好汉，各位女菩萨……请高抬贵手啊……我们已经三四天没吃东西了……我们都是一些没有家的可怜人啊……平常就去城里镇上要饭，晚上在这儿装鬼，混一个可以睡睡觉的地方，要不然，镇里的人不许我们住在这儿，要赶我们走，大家实在是没有办法啊……饶命！饶命……”

大家惊魂甫定，这才恍然大悟，都不可思议地看着那些“鬼”。小燕子害怕心一除去，同情心就来了，瞪大眼睛问：

“你们已经好多天没吃东西了吗？通通都没有吃吗？真的吗？”

一个“女鬼”爬了过来，手里还牵着一个孩子，对着大家又跪又拜：

“可不是！又冷又饿，孩子又病了，眼看就快死了……姑娘！请行行好……赏一口饭吃吧！”

紫薇回头就喊：

“金琐！我们马车上不是还有干粮吗？快去拿来，还有那些药材，都拿一点过来，还有，拿几件用不着的衣服过来，还有……棉被也抱两条过来……”

“是！”金琐往外走。

“我陪你去拿！”柳青说，打着火把给金琐照亮。

那些“鬼”喜出望外，全体爬了过来，跪了一地，磕头如捣蒜：

“男菩萨！女菩萨！活菩萨！皇天菩萨！救命菩萨！”

结果，大家把车上的米、干粮、棉被、衣服……都搬进了破庙。

一会儿以后，庙里已经生起熊熊的柴火。柴火上，煮着一锅香喷喷的饭。众乞丐围着火堆，坐在那儿，个个身上，都披着小燕子等一行人的衣服，嘴里，狼吞虎咽地吃着干粮。两条棉被，盖着几个老人和孩子。

尔康等人忙得不亦乐乎。柳青、萧剑不断把新砍的柴火送了进来。

尔康、永琪不停地把马车上的米、玉蜀黍、红薯等东西搬过来给大家。

紫薇忙着分配衣服给大家。

柳红、金琐拿着药膏，在给几个身上有伤口的人擦药。

小燕子干脆拿着钱袋，分发银子给大家，嘴里还潇洒地说：

“这些银子，本来已经丢了，假若我和萧剑不去抢回来，根本就没有了！现在，分给你们这些可怜的人用，总比给那些赌鬼抢去好！”

乞丐们烤着火，吃着干粮，盖着棉被，穿着衣服，上着药，领着钱……个个都是一脸的不敢相信，嘴里不断地喊着：

“男菩萨！女菩萨！活菩萨！救命菩萨！皇天菩萨……”

这晚，轮到柳青守夜，他坐在庙门口，仰望着天上的月夜，觉得有点凉意。

忽然，有件衣裳披在他的肩上，他一回头，接触到金琐温柔的眼光。金琐递上一杯热茶，柔声说：

"好冷！喝点热茶，一来可以暖暖身子，二来也可以提提神！"

柳青接过了茶杯，金琐就在他身边坐下。

"怎么？还没睡着？"柳青问。

"睡不着！大概在庙里睡觉，还是不习惯吧！我看小姐也睡不稳，倒是小燕子，睡得好香，还打呼呢！"

"小燕子就是这样，天塌下来，她也不会烦恼，像个男孩子一样！"柳青一笑，"紫薇就不同了，想得多，想得细，又比较敏感……失去那个'老爷'，小燕子伤伤心就过去了，紫薇大概是忘不掉的！"

金琐仔细地看柳青。柳青一怔：

"干吗这样看我？眼光怪怪的？"

金琐就诚挚地问道：

"柳青，你还在喜欢她吗？"

"喜欢谁？"柳青愣了愣，逃避地问。

"不要在我面前装疯卖傻了，你怎么瞒得过我呢？"金琐说，"我一直都知道，你好喜欢小姐！现在，你还是那样喜欢她吗？"

"哈！"柳青看看天空，"今晚月亮很好！"

"我不跟你谈月亮，我又不是小姐，能够背一大堆月亮诗出来给你听，你也不是尔康少爷，能背一大堆诗来回应她！我问你这句话，是因为我心里好难过，有个疙瘩一直拴在那儿，我也没有一个人可以说说，也没有亲人可以听我！我都不知道该怎么办才好。"金琐叹了口气。

柳青关心起来：

"什么事情那么严重？"

"我跟你说，可是，你不要告诉别人！"

"是！"柳青郑重地看着她。

金琐就坦白地说出了心事：

"你知道，小姐本来把我许给了尔康少爷，但是，几个月以前，她和尔康少爷告诉我，这个许配不算数了，因为，他们不要耽误我……尔康少爷说得很坦白，他说，他全部心思都在小姐身上，没有地方可以容纳我！"

柳青一震，不禁深深地看着金琐，专注起来。

"当时，我像被雷打到，觉得整颗心都被掏空了，活不下去了！那时，好想来投奔你和柳红！可是，想想，我和小姐从小在一起，离开她，我太心痛了！所以，我就勉强自己，去接受这个事实！我觉得我也想通了，想开了，但是……"

柳青明白了，接口：

"但是……尔康在你心里已经生根了，要你砍断这条根，你会痛！你整天和他们在一起，避不开他们，只能痛在心里！"

"你明白了！"金琐震动地说，注视着他。

柳青就凝视她，非常真挚地说：

"这个事情，除非你自己救自己，没有人能够帮你！让我把我的经验告诉你，心痛的感觉，是一种过程，你会度过这段时间的！等你度过了，你会豁然开朗，觉得天地很大，没什么了不起！"

"是吗？"

"是！"柳青点点头，看看天空，沉吟地说，"我的心事你知道，你也看出来了！但是，你看看现在的我，多么潇洒！我跳出了那份自私的、想独占的感情，再来和紫薇、尔康做朋友！因为他们两个都那么好，我喜欢了他们两个！非但没有排斥，没有醋意，反而对他们充满了祝福的心！当我走到这一步的时候，我就一点都不痛苦，我以得到他们的友谊和信任为荣！"

金琐眼睛发光地看着他：

"是吗？你已经不再苦恼了？"

"一点也不苦恼，我把一份'小爱'化为'大爱'了！我们活在这个世界上，不是你想要什么就可以有什么，如果得不到一样东西，还要死乞白赖地赖着那样东西，未免太没志气了！得不到的东西，我们还是可以站在欣赏的角度，去欣赏它的美好！"柳青一甩头，"男子汉就是这样！"

金琐看着他，但见柳青脸上，那股男儿气息，散发着光彩。她就托着下巴，深思起来，半晌，才说："跟你一谈，我也觉得开朗了好多，我应该跟你学学！"就学着柳青一甩头，有力地说："小女子也该这样！"

柳青欣赏地看着她，两人对视，那种"同是天涯沦落人"的感觉，就把两人的心，微妙地牵系在一起了。

第七章

　　第二天，大家又继续上路。小燕子、紫薇和柳红乘车，柳青和金琐驾车，尔康、箫剑、永琪骑马。三个骑士，一面策马前行，一面谈着。

　　"这下好了，"尔康说，"东西丢的丢，送人的送人，我看，我们还没走到四川，已经会'无物一身轻'了！"

　　"那也不错！"永琪话中有话，"反正钱财是身外之物，说不定什么都没有了，我们反而轻松一点！最起码，不怕有人来偷东西，也不必快马回去找寻，让等的人捏一把冷汗了！"

　　箫剑看看永琪，感到他那种不满的情绪了，哈哈大笑着：

　　"哈哈！算我多事了！不过，那个'迷魂香'是我最最深恶痛绝的东西！如果小燕子不闹着回去的话，我也会一个人跑一趟的！这种下三烂的方法，实在让人忍无可忍！"

　　"好了，事情过去就算了！"尔康急忙打圆场，"以后，大家尽量行动一致、做法一致！非不得已，绝对不要分散！"

"一言为定，就这么办！"萧剑爽朗地答道。

永琪也就一笑置之了。

车车马马来到一个峡谷，四周岩石嵯峨。

车内，小燕子拍了拍车顶。大喊：

"停车！停车！"

柳青一拉马缰，车子停下，大家也跟着停下。柳青扬着声音问：

"你又怎么了？"

小燕子跃下马车，往岩石后面跑，嘴里嚷着：

"没办法，总有些'大事、小事'是必须马上解决的！"

"我陪你去！"柳红也跳下马车，不放心地说。

"我也顺便去一下！"金琐跟着跳下车子。

小燕子埋着头往岩石后面奔，忽然，一头撞在一个黑衣人身上。小燕子一惊，慌忙抬头看，只见眼前出现好多个黑衣人，她还来不及反应，就有张大网，对她当头撒下来。她大惊，急忙要躲，哪儿还躲得掉，被网了一个正着。小燕子大叫：

"什么人？我又不是鱼，你怎么用网子网我？混账！快放我！救命啊……柳红！永琪！萧剑……快救我啊……"

一个黑衣人扛起小燕子，就如飞地奔跑。随后赶到的柳红拔脚就追，大喊：

"尔康！永琪！快来啊……有埋伏！小燕子被敌人抓走了……"

金琐正往岩石堆跑，一看不妙，赶紧往回跑。岂料，一个黑衣人急蹿而来，把金琐往背上一扛，拔脚向另一个方向飞奔而去。金琐尖叫：

"救命啊……救命啊……柳青……柳红……"

变生仓促，箫剑、柳青、永琪、尔康大惊，全部跃下马，追了过来。

好多黑衣人从岩石上面、后面……一跃而出，拦住四人，各种武器，纷纷出手，和四人大打起来。一时之间，飞沙走石，刀光剑影，大家打得天昏地暗。

马车里，只有紫薇一个人在车上，从窗子往外看，看得心惊胆战。

突然，有几个黑衣人直扑马车和马。其中三个，跃上马背，把空着的三匹马全部骑走。

"驾……驾……驾……"

三匹马绝尘而去。

尔康回头一看，大惊失色，大喊："不好！紫薇一个人在车上！"大叫："紫薇……紫薇……"

尔康就回身，要去救紫薇，几个黑衣人扑上前来，恶斗尔康，竟然个个武功高强。尔康一时之间，脱身不得。

有个黑衣人，就迅速地跃上马车，一拉马缰：

"驾……驾……驾……"

马车飞驰而去。

车内，紫薇吓得魂飞魄散，尖叫着：

"尔康！尔康……尔康！救我……救我……"

紫薇就在颠簸的马车里，跌跌冲冲地爬到开着的门边，试图要跳车。

尔康大惊，拔身而起，跃出战圈，急奔向马车。他奋不顾身地跳上马车，和那个驾车的黑衣人一起摔下车。两人滚倒在地上搏斗着。

马儿惊慌地拉着马车，就在无人掌控的情况下飞驰。紫薇在马车里，被颠簸得摔倒在地，整个人滚来滚去，惊慌失措地喊着：

"谁来救我啊……尔康……尔康……"

车轮飞转，马蹄狂奔，马鼻子喷气，地上的石头被马蹄踹得飞溅起来……马车越跑越快，紫薇吓得魂飞魄散。

尔康一拳打倒了黑衣人，抬头一看，心惊胆战，狂喊：

"紫薇……紫薇……"

马车一个大大的颠簸，紫薇再也控制不住，竟从马车中跌落出来。尔康狂叫：

"紫薇……"

紫薇滚倒在遍是石头的荒地上，连续翻滚着。

尔康连滚带爬地扑奔过去，把紫薇一把抱住。

紫薇面无人色地看着尔康，低喊了一声："尔康！"就瘫倒在尔康怀里。

萧剑一面打，一面眼观四面、耳听八方，觉得情况不妙，大喊道：

"小燕子去了左边，金琐去了右边！永琪，我和你负责追小燕子！柳青，柳红，你们负责追金琐！"

箫剑喊完，就一声尖啸，聚集真气，用长剑的剑柄，迅如闪电地打向敌人，竟然在瞬息之间，将敌人纷纷打倒，黑衣人倒了一地。其他黑衣人，眼见已经虏获了两人，就彼此招呼着，全体撤退。箫剑大喊："我们追啊！如果散了，前面白河镇见面！"就回头大喊："尔康！白河镇！知道吗？"

箫剑和永琪，就急追着小燕子而去。

柳青和柳红，也急追着金琐而去。

尔康从地上抱起了紫薇，见她闭着眼睛，脸色惨白，额上红肿，吓得血液都快凝结了，一迭连声地喊：

"紫薇！紫薇！紫薇……"

紫薇睁开眼睛，恐惧地看着他，颤声问：

"小燕子……金琐……追回来没有？"

尔康呼出一大口气来。

"谢谢天！我以为你……"他放眼一看，只见那辆马车已经停下来了。

尔康就抱着紫薇，直奔向马车，嘴里不住口地说着：

"上了车，我再帮你检查，看你伤了哪里。不要慌……不要怕……有我！有我……"

小燕子被那个黑衣人扛在肩上，拼命地飞跑。她在网子里又叫又嚷：

"你是哪条道上的？亮出身份来！低级！下三烂！没格调！用暗算的，算什么英雄好汉？放我下来，我和你单挑……我们一对一打个痛快……"

那个黑衣人理也不理，只是飞奔。

小燕子气得不得了，挣扎着从头发上拔下一根发簪。她就用发簪狠狠地刺进黑衣人的背上。黑衣人大叫：

"哎哟！"

小燕子张开大嘴，又狠狠地咬在黑衣人的肩上。

"哇呀！我的妈……"

"快把我放下来！"小燕子大吼，"男子汉大丈夫，欺负一个弱女子，传出江湖，你还做不做人？"

黑衣人扛着她飞跑，不理她。小燕子没辙了，又气又急，就对着那个黑衣人的后脑勺吹起气来。黑衣人觉得后脑勺凉飕飕，大惊：

"你在做什么？"

"你尽管扛着我好了，我会一种'鬼吹风'，是我跟萨满法师学来的！只要我对着你的后脑勺吹十次，你会变成一具僵尸！"

小燕子就对着那黑衣人的后脑勺一直吹，嘴里数着：

"一次……两次……三次……四次……"

"变僵尸？没关系！我不怕变僵尸！"黑衣人无动于衷，仍然扛着她飞跑。

小燕子发现"吹气功"也没效，就从网洞中伸出手去，拉扯黑衣人的辫子。

"我把你的辫子扯掉！"

"哎哟！我的妈呀……"黑衣人喊着，仍然飞奔如故。

小燕子忍无可忍，大吼：

"不要叫妈了！再不放我下来，我要尿尿了！"

黑衣人大惊：

"你要做什么？"

"尿尿！你听不懂吗？"小燕子吼道，"我本来就是去岩石后面尿尿的，你扛着我就跑，跑了这么大半天，我快要憋死了！憋不住了……没办法了……"

黑衣人吓得赶快把她抛落地。

小燕子一落地，就要翻身而起，岂料，自己的身子却被人一脚踩住了。

小燕子睁大眼睛，往上一看，只见一群黑衣人围着她。一个大臣正得意地笑着，看着她，对她笑吟吟地说：

"还珠格格吉祥！臣李德胜参见还珠格格！"

小燕子瞪大眼睛，心想，这下完了！居然这么容易就被捉到了！她瞪着那个大臣，气冲冲地嚷：

"你们用暗算的！简直丢了大清朝的脸，回到宫里，我禀告皇阿玛，说你们联合起来欺负我，说你们不安好心，让你这个李得胜变成李大败！"

大臣一凛，还真有点忌讳，一抱拳说：

"格格请息怒！我们奉旨办事！委屈格格了！"

一辆马车从山坳中驶出。大臣恭敬地说：

"格格请上车！"

好几个人上前，割绳子的割绳子，捉住小燕子的捉住小燕子，大家七手八脚，拉拉扯扯，把小燕子押进马车中。

小燕子上了车，已经憋得脸红脖子粗，大喊：

"等一下！你们车上有没有马桶？"

"马桶？"大臣一愣。

"没马桶，我要去树林里一下！你们让开！"小燕子就要跳车。

大臣一把拦住车门，慌忙说：

"车上有！格格请在车上方便！"

小燕子就气势凌人地振臂狂呼：

"你们大家滚下去！都不要上车，我好歹是个格格耶！在下面去等着！"

"格格不要跟我们玩花样！我们人多，格格占不了便宜！"大臣疑惑地说。

"玩什么花样？"小燕子气呼呼地大吼，"我要尿尿！你们要憋死我是不是？如果我没打架打死，给尿憋死了，我才倒霉呢！你们在下面等着！谁敢偷看，我把他眼珠子挖出来，告他大不敬！"

那个大臣实在被小燕子闹得头昏脑涨。众黑衣人憋着笑，忍俊不禁。

大臣心想，上面再三交代，要"毫发无伤"地带回去，看样子，皇上对她还是顾念着的，好不容易抓到了，可别再把事情弄砸了！就赶紧把人马全部叫出来：

"大家外面等着！宁可信其有，不可信其无！"

黑衣人听到大臣这时还转文，都忍着笑：

"喳！"

众黑衣人就把一辆马车团团围住。

只听到马车里面一阵窸窸窣窣，大臣及众黑衣人"非礼勿听"，大家屏息凝神，眼观鼻鼻观心，也不敢有所谈论。

突然之间，车门砰的一声被打开，众人急忙拦住车门。小燕子却像箭一样，从窗口射了出来。

几个黑衣人一蹿，小燕子还是落在黑衣人手里。大臣躬身说道：

"格格还是上车吧！"

小燕子恨得牙痒痒，却无可奈何。

岩石后面，永琪和萧剑已经追来，永琪看到马车，就低声说：

"追到了！我们上！"

永琪说着，正要飞身而出。萧剑一把按住了他，低声说：

"高手太多了，我们寡不敌众，只能智取，不能硬来！你不要沉不住气，我们先跟着他们，到了晚上再行动！"

尔康带着紫薇，匆匆赶到了白河镇。

紫薇额头上有擦伤，手臂上的衣服都撕破了，腿上流着血。尔康再也顾不得住客栈危险不危险，住进了一家客栈。

紫薇困顿地坐在一张椅子里。尔康打了水过来，把她的裤管卷了上去，看到伤口在膝盖上，皮开肉绽，心疼得不得了。他拿着帕子，细心地为她清洗伤口。

"哎哟……"紫薇强忍着痛。

"弄痛你了？"尔康手一缩。

"没……没有……还好，还好。"

"你忍一忍，这个伤口一定要清洗干净。"尔康心疼地说，"要不然，伤口会溃烂！还好马车在，药品都没丢，跌打损伤膏也在！"

他细心地清洗完了，再细心地撒上药粉，撕了一块白布作为绷带，给她包扎好。

"好像摔得不轻，要不要请大夫？身上还有哪些伤，你要坦白告诉我，不要瞒着！"他凝视她，柔声地说，"解开衣裳，让我帮你检查一下好不好？"

"我还好……"紫薇赶紧摇摇头，"不要请大夫，我们不能再让人抓到！住客栈都太冒险了，应该去住农家。"

"你身上有伤，怎么能住老百姓家？只好冒险了！"

"这一点小伤算什么？过两天就好了！"紫薇满心记挂着小燕子和金琐，"不知道他们追到小燕子和金琐没有？你有留线索给他们吗？"

"当然！"尔康把紫薇抱了起来，"你去床上睡一睡，好不好？"

紫薇觉得头很晕，眼前有些模模糊糊，怕尔康担心，不敢说，就顺从地点点头。

尔康把她放上床，拉开棉被给她盖上，说：

"你躺在这儿休息。我去买一点吃的东西来。你想吃什么？"

紫薇伸手拉住他，摇了摇头。

"不饿吗？好久都没吃了！不把肚子喂饱，哪有力气应付追兵呢？"

"好怕你离开我……"紫薇松了手，勉强地笑了笑，"万一有人进来，像抢金琐、小燕子那样，把我抢走了怎么办？"

"我叫小二去帮我们买点包子馒头来吧！你说得对，我最好守着你！"

尔康就打开房门，吩咐小二买吃的。

尔康关照完了，折回床前，低头看紫薇，只见她阖着双眼，脸色苍白，看来非常憔悴。他觉得有些不安：

"紫薇，你确定你没事吗？"

紫薇伸手握住他的手，低低地说：

"尔康，我坦白告诉你，我有些不舒服，你不要害怕……我觉得，腿上那一点小伤没有什么，可是，我刚刚摔下马车的时候，撞到了头，我现在觉得头好痛……好想吐！"

"你怎么不早说？"尔康吓得直跳起来。

他弯下身子，去检查她的后脑，惊喊着说：

"不得了，肿了好大一块！紫薇，你听我说，我要去请大夫！你必须一个人留在这儿，我快去快回，好不好？"

紫薇紧紧地瞅着他。

"不好！你别离开我，我没什么，只是好晕！看你的时候……"她衰弱地微笑，"有一点模糊！大概休息一下就好了。"

尔康大震，着急地看了她一下：

"好好！我不离开你，我叫小二帮我去请大夫！"

尔康冲到门边，打开房门，一迭连声地叫小二。

小二奔到门口，尔康从怀里掏了一块碎银子，就往小二手里一塞：

"快去把镇上最好的大夫请来！快！"

小二看看银子，大喜，急忙应着，飞奔而去。

尔康折回床前，盯着紫薇，想到紫薇手指受伤那次的情形，心惊胆战：

"紫薇，头还晕吗？看着我！我们聊天，好不好？"

"你不要担心，我只是累了！"紫薇温柔地看着他，仍然微笑着，"自从离开那个回忆城，一直睡不好，真的有点累！"

尔康盯着她，心里非常害怕，不敢表达出来，坐在床沿上，握紧了她的手，后悔和自责就排山倒海一样地涌上心头：

"我不好！我一直没有考虑你的体力问题，上次那场大病，已经把你的身子掏空了。这次，实在不该这样马不停蹄地跑！让你有一顿没一顿，餐风饮露……刚刚，更不该跟着大家就去打架，把你一个人留在马车上，让你从飞跑的马车上摔下来……我真该死！"

紫薇伸手摸着他的脸，怜惜而宠爱地看着他，唇边，依旧带着微笑：

"可怜的尔康，跟我认识之后，就好倒霉！老是在这儿说自己这样错，那样不好……不要担心，我真的没有怎样！不会那么脆弱的啦！你放心……现在要担心的不是我，是小燕子和金琐！"

金琐确实不大好。她被黑衣人扛着，飞奔了好长一段路。

"放开我！你带我去哪里？求求你放掉我！我要和小姐在一起……"金琐喊着。

"你是还珠格格还是紫薇格格？"黑衣人问。

"我不是还珠格格，也不是紫薇格格，我是金琐！"

“管你金琐银锁！抢了再说！”

黑衣人扛着金琐，奔进了树林。树林里，接应的马车、大臣和官兵正在等着。

黑衣人把金琐摔在地上。

“秦大人！格格抢来了！”

秦大人兴奋地走来一看，大骂：

“笨蛋！什么格格？这不是格格！”

金琐急忙跪在地上，哀求道：

“我不是格格，我只是一个丫头，请你们放了我！”

“不是格格！也是钦犯！怎么能放？”秦大人喊，“给她绑上脚镣手铐！”

官兵们拿了脚镣手铐，来给金琐上绑。

这时，跟踪而来的柳青，突然从岩石后面，跃了出来，手里握着一把亮晃晃的匕首，一下子抓住了秦大人，把匕首抵在秦大人的喉咙上，大喊：

“放掉金琐，不然我杀了这个大人！”

柳红接着从岩石后面冲出来，抢了一把长剑，砍掉金琐的脚镣手铐。

众黑衣人立刻冲上前来和柳红大打出手。

柳青手一紧，秦大人喉咙上，血痕立见。柳青大叫：

“我们不想伤人！这个姑娘只是一个丫头，你们高抬贵手，我们也饶了这个大人！一个丫头换一个大人，你们不会吃亏！换不换？再不换，我就下手了！”

秦大人急忙喊：

"大家不要轻举妄动！"

众黑衣人呆了，怔在那儿。

柳红就抢下了金琐，拉着她飞奔。柳青仍然押着秦大人，说：

"麻烦秦大人跟我们一起走一阵，到了安全地方，我再放你！"

秦大人无奈地跟着走，众黑衣人亦步亦趋。柳青对黑衣人大叫：

"一个都不许过来！"

黑衣人投鼠忌器，站着不敢动。

柳红拉着金琐狂奔，但是，金琐跑不动，一连跌了好几跤。

这时，有个黑衣人悄悄地上了岩石顶端，居高临下，看着柳青。突然，那个黑衣人飞跃而下，把柳青撞倒在地。

秦大人立刻逃出了柳青的掌控，大叫：

"把那个丫头给我毙了！"

柳青急忙飞跃上前，要去保护金琐。但是，几个黑衣人扑了过来，拦住柳青、柳红，大家又恶战起来。

有一个黑衣人就抓起金琐，柳青一看不妙，飞身而起，扬起手里的匕首，一刀刺进那个黑衣人的手腕，黑衣人一痛，把金琐直直地摔了出去。旁边就是一个悬崖峭壁，金琐就从悬崖上一路滚落到悬崖下面。

"啊……"金琐狂叫着。

"金琐……"柳青也狂叫着。

"把那两个人给我抓起来……"秦大人嚷着。

柳青眼见金琐坠崖，肝胆俱裂，顿时怒发如狂，对着秦大人一拳打去，正好打中秦大人的脑袋，秦大人倒地。众黑衣人大惊，纷纷奔过来救秦大人。柳青趁此机会，就跃下了悬崖。

"哥……"

柳红也狂叫着，赶紧跌跌冲冲地滑落悬崖。

黑衣人忙着救秦大人，没人再来管他们。

金琐一路滚落悬崖，摔在一堆荆棘丛中，动弹不得。

柳青从悬崖上面连滑带滚地溜了下来，一路喊着：

"金琐！金琐！你怎样？赶快回答我一句……"

"柳青，我在这儿，可是，我动不了！"金琐挣扎着。

"不要乱动，我来了！"

柳青落到悬崖下面，直扑到金琐身边，查看她的手和脚：

"撞到头了吗？摔到哪儿？哪里痛？"

金琐惊魂未定，害怕地说：

"我不知道，我浑身都痛！那些黑衣人，还在不在追我？"

柳红也滑下了悬崖，奔了过来，嚷着：

"怎样？怎样？"

"我们把她架起来，赶快走！只怕那些追兵还会追过来！"

柳青和柳红就架起了金琐。金琐试着要走，左脚一落地，就剧痛钻心，忍不住痛得大叫：

"哎哟……我的左脚，不能站……哎哟……"

"我看看！"柳青蹲下身子，轻轻移动金琐的左脚。

金琐立刻痛得发抖：

"啊……好痛！好痛……"

"看样子，是脱臼了！要不然，就是骨头断了！"柳青说。

"那……怎么办？"柳红问。

金琐一屁股跌坐在石头上，满头冷汗，说：

"你们不要管我了，快回去保护小姐，我给抓回去就抓回去吧！我现在动不了……好痛……真的好痛……让我坐在这儿，自生自灭吧！"

"什么'自生自灭'？"柳青喊，"我怎么会让你在这个荒郊野外自生自灭？柳红，帮一下忙！我背着她走！这儿不能久留！"

柳红就扶着金琐，柳青蹲下身子，把金琐一背，就背上了背。

柳红不住抬头往悬崖上看：

"他们好像没有追下来……但是，我们快走吧！"

三人就急步而去。他们不分东南西北，在山野里一阵疾奔。走到黄昏时分，好不容易，看到山坳里有一户孤零零的农家。三人赶紧进去投宿，一对朴实的农村夫妇收容了他们，还把自己的卧房让给他们住。此时此刻，也不能省钱了，柳红把一块碎银子往农妇手里一塞，说：

"我们要借你家住一晚，拜托给我们一瓶酒，一把剪刀，一些干净的衣服，一些碎布！再弄一点东西给我们吃！如果有人找我们，就说没有看到，懂了吗？"

农妇看着手里的银子，不敢相信地睁大眼睛。

"哇！银子！是真的银子吗？"拿到嘴边，用牙齿咬了咬，大喜地奔出去，"娃儿的爹！有人给了咱们一块银子！"

"我们要的东西，赶快拿来！我的妹子摔伤了，要赶快治疗！再给我们一壶开水！知道吗？"柳红嚷着。

"有有有！要什么，有什么！我这就去办！米酒行吗？"农妇欢天喜地地问。

"什么酒都行！"

柳青把金琐抱上床。

金琐早已痛得面无人色，冷汗大颗大颗地从额上滴下来。柳青盯着她说：

"金琐，你要勇敢一点，跌打损伤，我还有一些办法！我先帮你检查一下，到底伤得怎样，看看我能不能治。现在，我们在这个荒山里，前不巴村，后不巴店。要想找大夫，是件不可能的事！只好自己来了！"

金琐点点头。

柳红拿来了剪刀和工具。柳青就剪开了金琐的裤管，看到已经肿胀的脚踝。

柳青用手抚摸脚踝的骨头。柳红在一边紧张地看着。金琐惨叫起来：

"柳青！不要……不要碰我……哎哟！好痛……好痛……柳青！算了！算了……哎哟……"

"骨头没断！"柳青松了口气，"只是脱臼了！我要把它接回原位！"

"怎么接回原位？你要做什么？"金琐害怕地问。

“你不要管我怎么做！忍一忍就过去了，我手脚很快！”

柳红倒了一杯酒过来，把酒倒在伤处上，再撕了一些布条作绷带，说：

“金琐！你信任柳青，他以前也帮人接过骨，在大杂院的时候，小虎子的脚摔断了，没钱治，也是柳青治好的，一点缺陷都没留！”

柳青就对柳红说：

“你抱住她！免得她乱动！”

柳红抱住了金琐的上身。

柳青就飞快地抓住金琐受伤的脚踝，用力一拉，再用力一送。

“啊……啊……啊……”金琐惨叫。

柳青已经用绷带，把那只受伤的脚，紧紧地包扎起来。金琐泪水和汗水齐下：

“我要死了，我一定马上就会死了……哎哟！哎哟……”

金琐头一歪，晕倒在柳红怀里。

金琐受伤，躺在荒山的小屋里。紫薇的情况也非常不好。

大夫到了客栈，仔细地诊视了紫薇。尔康紧张地看着大夫，着急地问：

“大夫！她怎么样？伤势严重不严重？”

“腿上的伤，只是外伤，手腕上的擦伤也没关系，比较严重的还是脑袋上那块撞伤！依我看，脑子里可能有血块！我先开一个活血化瘀的方子，马上给她熬了药服下！明天我再来瞧瞧！”

"活血化瘀是不是一定有效？如果没有效果，她会怎样？"

"她会一直头痛，会昏迷不醒，可能还会有一些其他的症状发生！但是，那个血块也可能过几天自己就消了！先不要太紧张！到现在，她都神志清楚，没有昏迷，证明并不是很严重！先吃药再说！"

尔康从怀里拿出一个银锭子，往大夫手里一塞。

"拜托，大夫，你去帮我抓药，用最好的药材，不要省钱！帮我熬好拿来，多少钱都没关系！我走不开！拜托！拜托！"

大夫一看那个银锭子，惊喜交加，急忙说道：

"我这就去抓药熬药！"

大夫离开了房间，尔康关好门，就急急地来到紫薇床前。紫薇瞅着他，说：

"你又在浪费钱了！怎么一给就是一锭银子？我根本没有怎样，现在也不想吐了。那个大夫有点夸张，什么脑子里有血块，哪儿有？我还想下来走动走动呢！"

紫薇说着，就掀开棉被，走下床来，谁知，脚下一软，整个人都差点跌倒在地。

尔康及时一抱，把她抱住了，心里又痛又急，大声说："你还不赶快躺好！为什么要逞强？你安心要吓我，是不是？总是这样，三天一大吓，两天一小吓，我都快被你弄得精神分裂了，你自己还不肯好好地休息，你要我拿你怎么办？"他一面喊，一面把她放上床。

紫薇被尔康一吼，脸色更苍白了，神情忧郁，嘴唇颤抖着。

"你……怪我？"她很气自己这么没用，语气不稳地问。

尔康心中猛地一抽，急忙用嘴唇贴在她的额上，急促地说："我不是怪你！我大声，是因为我好害怕，好担心……每次你一受伤，我的心就揪在一起，五脏六腑都烧起来了！"他把她的手拿起来，压在自己心脏上，低头看着她："我真的不是怪你，你已经摔伤了，我心疼都来不及，怎么会怪你呢？我怪我自己啊！"

紫薇好抱歉地凝视着他，轻声说：

"我休息一下，明天就没事了！你不要着急，我真的觉得很好！我睡一觉就好了！"

"那……你赶快睡！我守在这儿，陪着你！"

"如果小燕子和金琐回来了，你一定要叫醒我！"

"是！"

紫薇就闭上眼睛，不再说话了。尔康凝视着她，担心得一塌糊涂。

没多久，紫薇就昏昏沉沉地睡着了。尔康守在她身边，不只担心着她，还担心着没有消息的金琐和小燕子。此时此刻，怎是一个"愁"字了得？

第八章

这天晚上，小燕子被李大人带回到红叶镇，住进一家客栈。

小燕子手脚绑着，被推倒在床上。

李大人在小燕子面前一站。说：

"还珠格格，得罪了！你一路都在想办法逃走，我只好把你绑起来！今晚，就委屈你这样睡一晚，明天，我们再继续往北京走！这一路，恐怕要走好些日子，假若你一直这样不合作，受苦的还是你！"

小燕子四面张望。

"哈哈！你把我又押回这个红叶镇来了？我跟这个红叶镇真有缘，几天之内，来了三次！"她抬头看着李大人，转动眼珠，心想，好女不吃眼前亏！就语气一转，恳求地说："李大人！我不逃了！你那么多的高手看着我，我知道逃也逃不掉！我保证不逃了，你还是把绳子松了吧！这样绑着，很疼啊！”

“那可没法子！只好绑着！你的保证，我不敢相信！”李大人对几个守卫的黑衣人说，“看紧一点！”

“是！”

李大人就往门口走。小燕子喊：

“李大人！”

“你又有什么事？”李大人站住，回头问。

“李大人，你有没有老婆孩子？”

“我当然有老婆孩子！”李大人一怔。

“你有几个孩子？”

“你想聊天啊？”

“我不想聊天，我想要你把我的手脚解开！”

“那和我的孩子有什么关系？”

“当然有关系，不是说父亲欠的债，儿子要还吗？你今天把我绑起来，是一种‘虐待’，你虐待我，有一天，也有人会同样虐待你的孩子！”

“那也没办法，我奉旨捉拿你！”

“你也奉旨‘虐待’我吗？”小燕子大声问。

李大人又一怔，头痛地看着小燕子，心想，这个罪名可大了！上面再三交代，要“活捉”回去，还要“毫发无伤”，手脚上有了勒痕，不知道算不算“毫发无伤”？

小燕子看看李大人的脸色，夸大地说：

“李大人！皇阿玛如果知道，你现在把我的手脚都绑着，不让我吃东西、不让我喝水、不许我睡觉，还不许我上茅房……"

李大人吃了一惊，急忙说：

"我哪有不让你吃东西，不让你喝水，你刚刚不是才吃过晚餐吗？不许你睡觉，上茅房……更是从何说起？"

小燕子振振有词："你绑着我的手脚，我怎么睡觉？我当然睡不着！绑着手脚，怎么上茅房？你也绑着手脚去上上看！你这样'虐待'我，不只欺负我的身体，还欺负我的……我的……"想了想，想出来了："还欺负我的尊严！'士可杀不可辱'，你这样对我，不如干脆一点，把我杀了！"

李大人竟被小燕子的一团正气逼得一退，头有斗大地说：

"好了！好了！给她松绑！你们大家看牢了她，千万不要让她溜了！"

"是！"

几个黑衣人前来，给小燕子松了绑。

"现在，总没有'虐待'你、损伤你的尊严了吧！"

李大人说完，出门去了。

小燕子伸了伸手脚，突然跳起身子，直冲窗子。

一个黑衣人飞扑过来，给了她后脑勺一掌。小燕子应声而倒。

"我可不是李大人，听了你那一大堆废话，就让你占便宜！"黑衣人说着，再度把小燕子绑了个结结实实，丢在床上，"如果你没办法上茅房，你就尿床吧！"

小燕子扯开喉咙大喊：

"李大人！李大人……你的部下不听命令，打我、欺负我……那个什么羊什么鹰……什么狼什么狈……"

两个黑衣人过来，用一块帕子，塞进她的嘴巴。

小燕子没办法说话了，咿咿唔唔，瞪大眼睛，在床上徒劳地挣扎。

其实，这个时候，永琪和箫剑早已跟踪到了这家客栈，只是不能行动。两人忍耐到夜静更深，永琪、箫剑察看过了军情，彼此在院子的一角会合。

"情况不妙！初步研究，敌人大概有二十几个，个个都是高手！小燕子被囚在楼上第二间，手脚都绑着，有十几个人把守，门里门外都有！恐怕我们两个人，想要救出小燕子，不太容易！"永琪低声说。

"不要急！"箫剑转了转眼珠，"你猜怎么？我们又回到这个红叶镇来了！"

"红叶镇又怎么样？"永琪不解地问。

"红叶镇……有我最深恶痛绝的一样东西！现在是'非常时期'，谈不上江湖规矩了！永琪，我们去找那两个'香炉'，借点儿东西！"

箫剑就拉着永琪，往外一奔。

所以，那个张全和魏武，真是遇到克星了。

深更半夜，砰的一声，房门碎裂开来。

永琪和箫剑拦门而立。永琪大叫：

"张全！魏武！老朋友又来了！"

两个老板跌跌冲冲地从里面奔了出来，睡眼蒙眬的。

箫剑气势凌人地喊道：

"两个香炉，你们还活着呀？我们又来帮你们供菩萨了！"

两人抬头一看，吓得双膝点地，簌簌发抖。

"哎哟……你们怎么又来了？"张全苦着脸喊。

"小的是狗……小的宁愿吃屎，不能再当香炉了！"魏武立刻磕头如捣蒜，"求求你们……高抬贵手啊！"

永琪往屋里一站，厉声喊：

"把你们的熏香，全部拿来给我！"

"没有了……没有了……上次给你们用完了！"两人发抖说。

"胡说八道！你们拿不拿？不拿，我自己找，找到了，这次用你们的眼睛当香炉！"萧剑说，满屋子张望。

"我拿！我拿……可是……可是……"张全简直快哭了。

"拿来就对了！"永琪大吼，"我们不是用来对付你们的！乖乖拿出来，就饶了你们！"

两人不敢不拿，屁滚尿流地、连滚带爬地找来一盒熏香。

"都在这里了！一根都没有剩！全部在这里了！"

永琪劈手夺过熏香，瞪着两人，指着他们的鼻子骂道：

"你们给我听着！从此不许摆赌场，不许干骗人的勾当，不许偷鸡摸狗用熏香！我们会像影子一样地跟着你们，下次再犯在我们手里，把你们的七孔里全插上熏香！我们说到做到！滚！"

永琪踹翻了两人，和萧剑转身，迅速地消失了踪影。

两人还跪在地上发抖。

结果，李大人和他的官兵，这晚全部睡得昏死过去了。

小燕子当然也被熏香熏昏了。永琪和箫剑破窗而入，永琪直奔小燕子床前，用匕首挑断了捆绑的绳子，掏出她嘴里的帕子。小燕子依旧昏睡不醒。

"我们快走！"

永琪忙中仍有阿哥气度，说：

"把熏香灭掉，不要让这些'钦差大人'受伤了！"

箫剑急忙熄灭了熏香。

永琪扛起小燕子，箫剑打开房门，三人迅速地溜了。

至于尔康和紫薇，开始度过他们生命中最漫长的一夜。

紫薇一直昏睡到深夜。小二送来了刚熬好的药，大夫叮嘱要趁热喝。尔康只得很不忍心地去叫醒她。他轻轻地摇着她，低唤着：

"紫薇！醒一醒！该吃药了！吃了药再睡！醒一醒！紫薇……紫薇……"

紫薇从睡梦里陡然惊醒，一跃而起，紧张地喊：

"有人来抓我们了……金琐……小燕子……快逃呀……"

尔康赶紧用胳臂圈着她，摇着她，安慰着她：

"没有人来抓你……不要怕，我在这儿！我在这儿！"

紫薇睁开眼睛，茫然四顾：

"金琐……小燕子……"

"她们两个还没有消息，可是，永琪、箫剑也没有出现，柳青、柳红也没找来，他们一定追踪而去了……我想，她们会平安的！你不要一直挂念着她们，快把药吃了！你现在觉得怎样呢？"

紫薇眨眨眼睛，觉得眼前一片黑沉沉。她用手摸索着尔康，依偎着他：

"我梦到我们都被抓回去了，我梦到断头台……"

"没有断头台！那是梦！那是梦！"尔康吻了吻她的额，"来！我们吃药！"

紫薇依偎着他不放，四面张望，迟疑地问：

"天已经黑了？"

"是！已经三更天了！你睡了好一会儿。我看你睡得沉，没有叫你！"尔康把她轻轻拉开，让她坐在床上，身后给她塞了枕头棉被，"你坐稳了，我喂你吃药！"

尔康端了药碗过来，吹着。

紫薇感到有些奇怪，东张西望地说：

"天这么黑，你怎么不点灯呢？害怕别人发现我们吗？"

尔康的心，咚地一跳。他瞪着紫薇，害怕地、怯怯地问：

"紫薇……你……你说什么？"

"你不点灯，我看不到，怎么吃药呢？还是点一盏灯吧！"

尔康那狂跳的心，顿时往地底沉去。他眼睛都直了，看看桌上的灯，再看看紫薇。手里的药碗，不禁颤得泼了出来，汤匙和碗碰得叮当响。尔康抖着手，放下药碗，眼睛一瞬也不瞬地盯着她。紫薇惊觉到什么，伸手摸不到尔康，着急地问：

"尔康，你在哪儿？"

尔康看了她半晌，颤抖地伸出一只手，在她眼前摇晃，她浑然不觉。

尔康整个人惊跳起来，激动地喊：

"老天！不要……不要！"

尔康一喊，吓得紫薇直跳起来，喊："尔康……怎么了？尔康……"她伸手揉揉眼睛，惊恐起来："尔康……"

尔康扑了过去，把她紧紧地抱在怀里，颤声地喊："紫薇……我在……我在……"他心慌意乱地看着她："紫薇……你睁大眼睛，看看我！"

紫薇睁大眼睛，突然明白了，恐惧地四望着。

"你有点灯，是不是？我看不见了，是不是？"她一惊，挣开了尔康，赤足跳下地，歪歪倒倒地往前冲去，"桌子……桌子在哪里？灯在哪里？尔康……尔康……"她撞到椅子，椅子翻了，紫薇放声惨叫："哇……我看不见了！哇……"

尔康扑了过来，一把蒙住她的嘴，惊颤地说："不要叫！当心把敌人叫来，我们现在四面楚歌……"他心中痛极，把紫薇紧紧抱住："不要急，可能只是暂时性的，我去多点两盏灯，把房间里弄亮一点！不要害怕，你有我……知道吗？你有我……"

尔康说着，把她抱到床上去。紫薇怔怔地坐在那儿，被这个事实惊呆了，几乎无法思想了，缩在床里，动也不动。

尔康奔到门边，对外喊：

"小二！给我多拿几盏灯来，越多越好，如果灯不够，就给我拿些蜡烛来！快！"

小二把店里所有的油灯和蜡烛都拿来了。尔康就开始疯狂一样地点灯点蜡烛，在窗台上，柜子上，茶几上，到处都燃着油灯和蜡烛。他再用颤抖的手，点燃了许多蜡烛，放在桌上，把一张方桌，变成了一个百烛台，上面竖立着几百支蜡烛。他一面点蜡烛，心里，在默默地、无声地、狂乱地祈祷：

"皇天菩萨！我福尔康一生没做过亏心事，上无愧于天，下无愧于地！即使背叛了皇上，也有许多许多的无可奈何！请你不要对我这么残忍……紫薇已经受尽身心折磨，如果你再夺去她的眼睛，让她失去光明，你就太狠心，太无情了！我请求你，不要这样……不要这样……"

他一面祷告，一面把那张点着好多蜡烛的桌子，推到床前。

整个房间，已经被烛光照耀得如同白昼。尔康颤声喊：

"紫薇！你看到烛光了吗？"

紫薇茫然地抬头，徒劳地观看，她闻到了蜡烛和火焰的气息，眼前，却只有朦胧一片。她的泪水再也控制不住，沿颊滚落。她脆弱地说：

"尔康……我好害怕……我看不见……你为什么不多点几支呢？我什么都看不见！怎么会这样？"

尔康闭了闭眼睛，觉得自己的心，被四分五裂地拉扯，痛到极点。他睁眼，再看向紫薇，看到在烛光照射下，紫薇那张恐惧的、脆弱的、无助的脸庞。他的心，就更痛更痛了，他扑了过去，紧紧地握住她的手：

"不要紧！紫薇，勇敢一点！上苍存心要考验我们……我们'兵来将挡，水来土掩'！明天一早，我就去请大夫，说不定那时候，你已经看得见了！我不相信命运会对我们这样残忍……所以，请你也拿出信心来！知道吗？"

紫薇知道，自己失明了！她所有的勇气、乐观、雄心壮志，在这一刹那间化为虚无。她眼泪一掉，崩溃了，用双手捶打着尔康的胸口，哭喊着说："我不要……我不要……如果我看不见了，我宁愿死，我宁愿不要活着！尔康……我不要啊……如果我再也看不见，世界对我还有什么意义呢？我看不到你，看不到你的脸，看不到你的眼睛，看不到你看我的眼神……我不要……我看不到户户有花、家家有水的大理！看不到我们梦里的世外桃源，看不到我们的幽幽谷……我不要……不要……"她哭倒在尔康怀里。

尔康紧拥着她，眼里，是一片潮湿，慌乱地说：

"我现在就再请大夫！"

紫薇恐惧地拉住他，喊着：

"不要离开我……我好怕……尔康，我真的好怕！我从来没有这么害怕过……就算要上断头台，我也没有这样害怕过……"

"我知道！我知道！"尔康克制着自己那心痛心碎的感觉，拼命想安慰她，他紧抱着她，一迭连声地说，"不要怕！你还有我！有我啊！我们会把你治好的……就算治不好，我也会当你的眼睛，当你的拐杖啊！"

紫薇啜泣着，蜷缩在他的怀里，从来没有一个时刻，这样地绝望和无助。尔康紧拥着她，也从来没有一个时刻，感到这样强大的痛楚。一个失明的紫薇，好像一只剪掉翅膀的鸟，它还能飞吗？一只不会飞翔的鸟，如何去找寻它的天空呢？尔康看着满屋子的烛火，在那儿烧灼垂泪，他的心，就跟着烧灼，跟着垂泪。

这个漫漫长夜，尔康就守着紫薇，一任那点点烛火，为人垂泪到天明。

这个漫漫长夜，柳青也守着金琐。

金琐头压着冷帕子，昏昏沉沉地睡着了。柳青坐在床前的椅子里打瞌睡。

房门轻轻地推开了，柳红端着一个托盘，里面放着一些清粥小菜、包子馒头，进屋来。柳青一个惊动，立刻醒了。

"来！吃点东西！她怎样？"

柳青摸了摸金琐的额头，有些担心地说：

"从夜里开始，就在发烧。"

"我来照顾她，你吃点东西，去睡一睡吧！反正，她这个情况，我们想走也走不了！好在，这个山坳里，也没有追兵找来，安全方面，大概还没问题！"

柳青看着金琐发怔。柳红不安地问：

"怎么了？是不是情况不好？昨晚我已经帮她彻底检查过了，虽然手脚都破了，好在只是皮肉伤，应该不碍事！难道还有别的伤吗？"

"没有！发烧是因为脚伤的缘故，可能会连续烧上好几天！"

"怎么办呢？随身只带了跌打损伤膏，吃的药全在马车上！"

　　"有我照顾着她，她不会有事的！只是，这个脚伤，想要复原到能够走路，恐怕还要十天半月才行！"柳青抬头看着柳红，"我想，我在这儿陪着她，你去找紫薇他们吧！给他们送一个信，免得他们等我们！告诉他们，我们大概会耽误下来了，等到金琐的脚好了，我们会尽快追上队伍的！"

　　"那……"柳红愣了愣，说，"不如我陪着她，你去追大伙！毕竟金琐是个姑娘，你一个大男人陪着，有许多不方便！金琐的伤，骨头接好了，应该没有大问题，我也会照顾！"

　　柳青又一怔，在室内兜了一个圈子，讷讷地说道：

　　"还是我来陪她吧！跌打损伤，我比你在行！"

　　柳红深深地看了他一眼，忍不住问：

　　"哥！你是不是对金琐动了感情？"

　　柳青一震，似乎被这个问题震到了，急促地答："是又怎样？难道我不可以吗？"就一抬头，鲁莽地说："你赶快追上大家，归队吧！见到紫薇，帮我带一句话给她，就说，我问她要了金琐！"

　　柳红惊看他，又好气又好笑，说：

　　"哥！你别搞不清楚状况，这个金琐，当初紫薇拔刀的时候，已经把她许给尔康了！她是尔康的人，你怎么要？"

　　床上的金琐，已经醒了。她睫毛闪动着，睁开眼看看。听到柳青和柳红在谈自己，赶紧又闭上眼睛装睡。

　　"你才搞不清楚状况！那个承诺，已经取消了！你看尔康，除了紫薇，他对哪一个姑娘正眼看过！"柳青说。

　　"可是……那……"柳红怔了怔，"你也不能一厢情愿啊！这事，不是紫薇怎么说的问题，还有金琐呢？金琐怎么说呢？你有没有问一问人家啊！"

柳青涨红了脸，嘟囔着：

"我要问啊！可是……就怕一个钉子碰回来！"

"怕碰钉子也要问呀！你就是这样，遇到心里喜欢的姑娘，也不会表示！等到你表示的时候，慢了好几拍，人家就捷足先登了！"柳红冲口而出。

"你在说些什么？"柳青一皱眉头。

"没什么！"柳红急忙掩饰，"我就是提醒你，要问她！"指指床上的金琐。

柳青抓抓头，狼狈地说：

"好！我问！等我有机会的时候再问！"

"我也等你问清楚了，再帮你带话！我看……我还是陪你们在这儿住几天，再去追大伙吧！反正已经耽误了！"

金琐听着，心里好震动，睁开眼睛，悄悄地去看柳青。柳青一回头，她赶紧把眼睛再闭上。柳青走过来，把帕子放进水盆里去打湿，重新压在她额上。他就看着她，充满怜惜和感慨地说：

"好可怜的金琐，一生都在为别人服务，从来没有为自己活过！你要我问她，我就怕她自己都弄不清楚……她心里只有她的小姐和……那个尔康少爷！"

金琐心里一热，眼角，溢出一滴泪。

柳红惊觉地看着，心想，这个房间里，自己有点多余了。她微笑起来，悄悄地退出了房间。

漫长的夜，缓缓消逝了，窗子上，终于透着朦胧的曙光。

客栈房间里，桌上的烛光有的熄灭，有的兀自燃烧，残灯明灭。

尔康坐在床前，形容憔悴，一瞬也不瞬地看着紫薇。

紫薇摸索着从床上坐了起来。尔康一惊起立。

"紫薇，你怎样？好一些没有？睁大眼睛看着我，看见了吗？"他渴望地凝望她，仍然抱着强烈的希望，"你仔细地看一看！"

紫薇定睛细看，什么都看不见，心底一片绝望。

"天亮没有？"她问。

"天快要亮了！我已经拜托小二去请大夫了！大夫说，天亮就过来！紫薇，你不要着急，等到大夫诊断过了，我们就知道是怎么一回事了！"

紫薇摸索着要下床。尔康急忙扶住她：

"你要什么？我帮你去拿！你不要下床了，还是躺着比较好！你腿上还有伤……"

紫薇推开他的手，语气不稳地说：

"我要到窗子前面去，我要看'日出'！"

尔康的心，紧紧地一抽，说不出来有多痛：

"我扶你过去！"

"不要扶我！"紫薇用力推开他，声音里带着一股怒气，"如果我以后都看不见了，我不能让你一直扶着我！我会痛恨一个无能的我！所以，不要扶我，不要让我变成一个废物！你让开！"

"你会好的！不要绝望，大夫还没来，说不定吃一帖药就好了！现在你看不清楚，如果我不扶你，你怎么走过去呢？"尔康焦灼地说，再去扶住她。

紫薇挣开他，几乎是愤怒地嚷：

"不要扶我！不要扶我！"

"好好！我不扶……窗子在你右前方！"

尔康体会到紫薇在绝望中的愤怒，不敢去扶，凄然停手，痛楚地看着她。

紫薇下了床，往窗子的方向，摸索着前进。

尔康急忙跳过去，把拦住通路的桌子拖开。紫薇直觉左手有桌子，伸手去扶桌子，岂料尔康已把桌子拉开，她扶了一个空，就跟跄一跌。

尔康急忙扑上前，扶住她，心碎地喊：

"紫薇，求求你，让我带你过去，你不要跟自己生气，不要跟我生气，不要这样折磨自己，好不好？"

紫薇拼命推开他，挣脱他：

"让开！不要扶我，这个房间那么小，从床前到窗子，顶多十步路，难道我连十步路都走不动吗？你让开！让开！"

尔康只得松手，亦步亦趋地紧跟着她。

紫薇往前走了几步，走歪了，险些碰到脸盆架。

尔康又急忙跳过去，把脸盆架拉开。他就指示着方向，着急而心疼地提示着：

"往左边！再左边！往右……往右……向前……向前……"

紫薇一路摸摸索索，因为腿上也有伤，走得一跛一跛。

尔康比她更忙，一路提示着，一路搬掉障碍物。桌子、茶几、镜架、椅子……一件件搬开，终于紧张地喊：

"到了！到了，你前面就是窗子，抬头看……看到曙光了吗？"

紫薇好不容易到了窗前，就伸手去扶窗台。谁知，窗台上还有烧得短短的烛火和兀自亮着的油灯，紫薇正好一手按在烛火上，一手碰翻了油灯，这一烫，烫得缩回了手，灼痛了心，大叫：

"哎哟！哎哟……"

尔康一个箭步上前，捧住了她的手，看着吹着，心痛得快死掉了。

"紫薇！"他含泪喊，"我知道你的无助，我知道你的愤怒，我知道你的害怕，我也知道你的绝望！你心里的每个思想，我都清清楚楚！你有的感觉，我通通都有！所以，让我帮助你！除了我，你还能倚靠谁呢？我是你的尔康啊！你永远的尔康啊！你不能拒绝我！"

紫薇痛楚地靠进他的怀里，悲苦已极地说：

"我看不到窗子，看不到天亮！什么都是黑的！怎么可能呢？以后，我的生活里，就没有天亮了吗？我会永远瞎了吗？"

"不会不会！一定不会！我去叫小二，马上把大夫请来！"尔康把她抱了起来，"你回到床上去躺着，等大夫来看！好不好？如果你希望自己好起来，先要让自己镇定，是不是？假若你一直这样激动，这样不肯休息，你怎么会好呢？"

紫薇不再说话，凄苦、无助地依偎着他，一任他把她抱上了床。

大夫很快就来了，仔细地诊视了紫薇。脉搏、瞳孔、脑伤……全部检查过后，大夫沉重地站起身来，看看尔康，说：

"我们出去说话！"

紫薇抬着头，立刻喊：

"不要出去说！在我面前说！眼睛是我自己的，我要知道真相！我瞎了，是不是？告诉我！不要瞒着我！"

大夫看尔康，尔康点了点头。大夫就实话实说了：

"我想，你们最好去大城市，找几个专门治眼睛的大夫来诊治！我不是专家，看不出毛病在哪里，也不知道怎么治，姑娘的失明，说不定还是和脑子里的血块有关系！眼睛本身，没有问题。或者，等到血块消了，眼睛就看得到了！也可能，是情绪影响了眼睛，不知道姑娘最近有没有受到什么大的刺激？"

"如果是情绪影响，又怎样呢？是不是情绪恢复了，眼睛也会跟着恢复？"尔康急急地问。受刺激？天知道！自从进宫，刺激好像就没有断过！

"我不知道！可能吧！"大夫没把握地说。

"什么叫作'可能吧'？是不是也可能，我永远瞎了！永远看不见了？是不是？大夫！请你老实告诉我！"紫薇尖声问。

"对不起，我真的不是专家，你们还是另请高明吧！"

大夫就拎着医药包，狼狈地逃往门口。尔康扑过去，激动地抓住大夫的衣服。

“大夫！你给她治！有什么药，你给她吃呀！你不要放弃呀！”

“我真的无能为力了！对不起！对不起……”

紫薇听着，知道这就是宣判了。她一阵晕眩，砰的一声，从床沿上跌落在地。尔康赶紧放掉大夫，过来扶住她。大夫立刻逃也似的溜出门去了。

“紫薇！你怎样？”

紫薇坐在地上，拼命摇头。

“不……不……不……不能这样……不可以这样……”说着，就挣脱尔康，手脚并用地在地上爬着。

尔康抓住了她，把她从地上拉了起来：

“你要去哪里？我带你去！”

“墙在哪里？墙在哪里？”紫薇四面张望，问着。

尔康莫名其妙地看着她，心痛如绞：

“墙？你要墙？你要到墙边去？”

紫薇拼命地点头。尔康就拉着她，走到墙边：

“这里就是墙，你要到墙边来干什么？”

紫薇摸索着墙壁，就用背贴着墙，好像自己是一只壁虎一样。然后，她就顺着墙，滑坐在地，用双手抱着膝盖，把自己整个蜷缩在那儿。

尔康看着这样的她，感觉到她那种彻底的绝望，自己的心，也跟着撕裂了。他就把她从地上用力地拉了起来，盯着她，一字一字地说：

“紫薇！你听着！我带你回北京，那儿有最好的大夫，那是我生长的地方，我比较熟悉！我认得好多大夫，还有御医！我们回去找大夫治，我不相信你会从此瞎了……就算你从此瞎了，你还是我的紫薇！我会更加心疼你，更加怜惜你，更加保护你，更加爱你……你懂吗？你明白了吗？"

紫薇呆呆地、怔怔地靠墙站着，不动，也不说话，好像变成了一块化石。

尔康托起她的脸，就急促地低头，去吻她的额头、她的面颊、她的唇。

紫薇用力一推，推开了他，又滑落到地下去。尔康再度把她抓了起来，哀声地喊：

"紫薇！不要对我这样……我一再跟你说过，有任何困难，我们都要一起去面对！记得，你答应过我的额娘，要在我脆弱的时候，支持我！在我孤独的时候，陪伴我！在我失意的时候，鼓励我！你知道吗？我看到这样绝望的你，我的脆弱、孤独和失意就一起发作了！你的喜怒哀乐，支配着我的生命……请你为我振作吧！好不好？要不然，我会跟着你一起崩溃的！"

紫薇眼泪滑下，痛楚地开了口。

"我对不起你的额娘，答应她的话，都成了空话！我已经没有力气应付自己的脆弱，怎么还管得了你的脆弱？我什么都不是，如果再成为废人……我……会成为你的包袱、你的负担，我会把所有美好的事物，一起终结！我不要这样……"她抓住尔康，炙热地、恳求地说，"尔康，答应我一件事！我求求你……你一定要答应我！"

“是！答应你所有的事！你说！我答应，我通通答应！一百件、一千件都可以！你说！”尔康含泪喊。

“放弃我，回北京去！请求皇阿玛原谅你，然后……娶晴儿！”

尔康瞪着她，抽了一口冷气，倒退了好几步。

紫薇失去尔康的扶持，就又滑落在地上，用双手抱住头，把自己再度蜷缩起来。

第九章

同一时间，永琪扛着小燕子，和箫剑来到了一条小溪边。

"这里有水！把她放下来！"箫剑说。

永琪把小燕子放在草地上，小燕子兀自昏睡着。

"怎么睡得这样沉？扛着她跑了大半夜，她都没醒！会不会接连着被熏香熏了两次，熏出毛病来？"永琪担心地说。

箫剑脱下背心，在溪水里沾湿，弄了水过来。

"给她淋一点冷水看看！"说着，就把背心一绞，让冷水淋在小燕子脸庞上。

永琪关心地低头看着她，拍拍她的面颊，喊着：

"小燕子！小燕子……醒一醒！小燕子……"

小燕子陡然惊醒了，从地上一跃而起，对着永琪一拳打去，大喊：

"什么东西？什么冷冰冰的水，弄了我满脸！我打死你……"

永琪猝不及防，被小燕子打了一个正着，捂着鼻子喊：

"哎哟！好不容易把你救出来，怎么眼睛都没睁开，就先打人！"

"小燕子！看看清楚再动手！"萧剑急忙一退。

小燕子定睛一看，喜出望外，惊喊：

"怎么是你们？你们把我救出来了呀？"

永琪捂着鼻子，跌脚大叹：

"唉！背着你跑了大半夜，累得我快昏倒，好不容易把你弄醒，就给了我一拳，把我的鼻子都打歪了！早知道，还是让你绑在那儿算了！"

小燕子这才知道打了永琪，就不好意思起来，过去拉住永琪的手腕，要看他的鼻子，歉然地说：

"真的打到你了？给我看看！有没有流血？"

永琪放开了手，对她一笑：

"哪有那么脆弱？你这个'迷糊拳'，我还受得了！"

"什么拳？"小燕子没听清楚。

"你的这套'拳法'，我只能给你取个名字，叫作'迷糊拳'！"

萧剑忍不住接口：

"小燕子这个人，还可以取个绰号，叫作'迷糊女侠客'！她剑法，是'迷糊剑'，她的功夫，是'迷糊功'！"

"那你没有领教她的成语，是'迷糊成语'，她的诗，是'迷糊诗'！我最佩服她的，是她的那个'迷糊运'！每次，糊里糊涂，就化险为夷了！"永琪笑着说。

"好好好！你们把我救出来，就为了嘲笑我！"小燕子气呼呼地叫。

永琪振作了一下，笑笑说：

"不嘲笑你了！我们赶快归队吧！"

"我们在哪里？"小燕子四面看看。

"大概翻过这座山，离白河镇就不远了！我们没有马，全部要靠脚力，大家动身吧！不要再耽误了！"萧剑说。

三人就洗洗脸，准备动身。小燕子好奇地问：

"你们怎么把我救出来的？"

"我们去跟那两个香炉借了一点东西！哈哈！"萧剑笑了起来。

小燕子眼珠一转，明白了：

"你们把那个李大人、黑衣人通通熏昏了？"

"可不是！"

"熏得好！那些黑衣人真不是东西！软硬不吃，还差点害我……尿裤子……熏他一个昏天黑地才好！"这才想了起来，急急问道，"大伙现在在哪里呢？紫薇呢？金琐他们呢？"

"希望他们已经在白河镇了！"永琪说。

"那……我们赶快去白河镇吧！"

三个人就匆匆上路了。

紫薇和尔康的情形，只能用一个"惨"字形容。自从大夫走了之后，紫薇一直蜷缩在墙边，一动也不动。尔康焦灼地看着她，心碎肠断了。

"紫薇！你起来，不要坐在地上，地上好冷，你如果再受了凉，怎么办？你为什么一定要贴着墙呢？让我扶着你，牵着你……把我当作你的墙，当作你的堡垒，好不好？"他蹲下身子，去搀她，"起来！"

紫薇推开他的手，退缩着。尔康着急地说：

"我收拾东西，不等小燕子他们了！我们马上回北京，可是……你不许再说要我娶晴儿的话，我们回去，面对皇上、面对你的病！如果难逃一死，也是我们的命！走到这一步，我承认……我也走投无路了！"

紫薇呆呆地、怔怔地坐着，双手抱着膝，眼神空洞地凝视着虚空。

"紫薇，你跟我说话！求求你，不要这个样子……"他去拉她的手，"你看不见了，我比你还着急，还痛苦！我知道你充满了挫败感，充满了无力感。我恨命运这样捉弄我们，但是，我仍然感谢上苍，让你活着！你看不见，真的没有关系，你还能感觉，还能思考……"他紧握她的手："你感觉得到我，看不到，又怎么样呢？我时时刻刻，让你感觉我，好不好？"

紫薇拼命挣扎，要抽出自己的手。他握紧她，不放她，热烈地说：

"你不能不要我！山，还是有棱有角，天地，也没有合并在一起！你摆脱不掉我！起来！不许再坐在这儿了！如果你不肯起来，我就要强迫你起来了……"

尔康弯腰去抱她，紫薇一挣，滚落在地，把自己拼命蜷缩起来，喊：

"不要碰我！不要碰我……让我坐在这里，让我想想清楚……不要碰我，离我远一点！不要欺负我……"

尔康急忙缩回手去，又惊又痛：

"我怎么会欺负你？我要帮助你呀！让我帮助你……"

"不要……不要……不要……"

尔康束手无策，觉得头晕目眩，心力交瘁，快要支撑不住了。

就在这时，门上传来打门声。小燕子轻快的声音传了进来：

"快开门！我们来了！"

尔康惊喜地跳了起来，急忙走过去，打开房门。小燕子欢天喜地冲进门，永琪、箫剑笑嘻嘻地跟在后面。小燕子一看到尔康，就喊："尔康！我告诉你，那些黑衣人真是坏极了，他们用一个大网把我网住，堂堂大清朝的高手，居然用渔网……"她猛地住了口，看着脸色惨白的尔康，笑容全体消失了："怎么了？发生什么事了？"

永琪和箫剑，已经发现缩在墙边的紫薇。永琪困惑地问：

"你们吵架了吗？紫薇，你为什么坐在地上？"

尔康看到他们三个，就像溺水的人看到了船一样。他已经拿紫薇没有办法，不知道如何去帮助她，也不知道如何帮助自己。他注视着三人，痛楚地用手支住了额，含泪说：

"紫薇从飞快的马车上跌下来，撞到了头……她看不见了！"

"什么叫'看不见'了？"箫剑大惊，问。

“大夫说，可能过一阵子会好，也可能永远不会好……紫薇，她崩溃了……我也快要崩溃了！”

永琪、箫剑、小燕子都大惊失色，全部呆住。

半晌，小燕子就冲到紫薇身边，蹲下身子去看她，喊着："紫薇！你睁大眼睛！看我……看我……"她用手扳住她的脸，仔细看她："你的眼睛好好的，又黑又亮，我看不出一点问题！你不要怕！这个白河镇上的大夫，完全不可靠，你不要被他的胡说八道骗了！他说不定是回忆城派来的坏蛋，故意这么说！我保证，你睡一觉，明天起床，就什么都看见了！"

紫薇听到小燕子这样一说，终于，哇的一声，痛哭失声了，边哭边喊：

"不会好了，不会好了！我知道，我瞎了！当初，皇阿玛要我发毒誓，如果我骗了他，我会失去尔康、失去我所有的幸福！现在，我应了誓……我失去了尔康、我失去了所有的幸福！"

尔康一听，简直痛彻心扉。他冲了过去，一把把紫薇从地上拉起来，抓住她的两只胳臂，用力地摇了摇：

"你没有失去我！你怎么会失去我！你把我想象得这么恶劣、这么不堪吗？难道我们只能共欢乐，不能共患难吗？用用你的头脑，好好地想一想！如果易地而处，如果是我看不见了，你会丢下我不管吗？你会离开我吗？你会舍弃我，去嫁另外一个人，让我孤独一生吗？"

"如果易地而处，你坦白地回答我，你会拖累我吗？你舍得拖累我吗？"

“我会！我舍得！”尔康大声说，“我会赖定了你，我会依靠你、我会信任你，我会把那个无助的我，完完全全地交给你，因为只有你，能够保护我，支持我，安慰我，鼓励我，帮助我！”

紫薇又哇的一声，哭得更加伤痛，她投进尔康的怀里，抱着他喊：

“尔康……尔康……尔康……我不忍心啊！我不要拖累你啊！我不要成为你的累赘啊……”

尔康痛楚地闭了闭眼睛，把她的头紧压在自己肩上：

“我知道、我知道，我懂。但是，我们是一体的，你的痛苦，就是我的痛苦，你怎能把我排挤在外呢？”

小燕子的眼泪夺眶而出，鼻子里稀里呼噜，不相信地喊：

“怎么会这样呢？不可能的！永琪，你再去找一个大夫来！找好多好多的大夫来！”

尔康扶着紫薇，把她带到床边去，扶她坐下，说：

“不用了！我要带她回北京！”

“回北京？”永琪惊喊，“现在回北京，不是自投罗网吗？你看那些黑衣人，个个武功高强！皇阿玛已经把所有高手都集中了，设下天罗地网在抓我们！回去，是死路一条！”

“可是……只有北京，才能找到好大夫……你们不要管我们两个了，永琪、箫剑，你们保护小燕子继续走，我和紫薇，回去接受命运！”尔康坚决地说。

箫剑定了定神，吸了口气，说：

“你们不要先乱了章法！白河镇是个小镇，大夫说的话，确实不足以取信！但是，天下的好大夫，并不是只有北京才有。所有的大城，都有很多好大夫！听我说，我们尽快上路，不走嵩山了，我们去洛阳！洛阳是个大城，不比北京小，那儿，一定有好大夫！而且，我一直认为，'小隐隐于林，大隐隐于市'，在人口众多的洛阳，我们反而不容易被发现！"

小燕子就拼命点头，跑到床边，抓住紫薇的手说："我们去洛阳！紫薇，到了洛阳，我们给你找大夫，你不要伤心，你不只有尔康，你还有我们啊！我、永琪、萧剑、金琐……"她突然一愣，这才发现还少几个人，不禁抬头问道："金琐和柳青、柳红呢？"

尔康含泪摇头。永琪、萧剑、小燕子面面相觑，大家的心都跌落到谷底。

其实，金琐、柳青、柳红正在山里当神仙。

这天，风和日丽，天气不冷又不热。金琐坐在一张藤椅里，在农家的院子里晒太阳。柳青忙着用匕首削一根树干，要给金琐做拐杖。

"我还有多久才能走路呢？"金琐问。

"不要着急，伤到骨头，就一定要等它慢慢长好，急也没有用！我给你做一副拐杖，你就可以撑着拐杖走路了！"

"可是……我好急啊，不知道小姐他们好不好，小燕子救出来没有，也不知道他们会不会停下队伍来等我们！"

柳青凝视了她一下：

"你就暂时不要再想你家小姐好不好？我告诉你，尔康、萧剑、永琪都是文武全才，每一个人都可以当十个人用，他们大家保护着她，照顾着她，她不会有什么危险的！倒是你，这个脚不好好地养好，走路会留下缺陷的！你这么完美，我一定不能让你留下缺陷！"

金琐心中一动，非常感动地看着他。

"我完美？你怎么会用'完美'两个字来说我？我哪儿配？"

柳青盯着她，忽然涨红了脸，讷讷地说：

"我有句话想问你！"

金琐心中一跳，也脸红了，期待地看着他。

房门口，柳红正要走过来，听到柳青这句"关键"问题，就急忙缩回了头，躲在那儿偷听。

"什么话？"金琐问。

"我想问你……我想问你……"柳青期期艾艾了半天，冒出一句，"你痛得好一点了吗？"

金琐一怔，有些失望：

"哦！好多了！不碰到它，就不怎么痛了！"

"那就好……那就好，"柳青抓抓头，"不过，我……还有一句话要问你！"

"哦？"金琐凝视他。

"是这样……你……"柳青咽了一口口水，"还想吃什么东西吗？我让柳红下山去给你买！"

"不用，不用！我吃得很好！"

柳青低着头，拼命削着拐杖：

"我……我……还有一个问题要问你……"

躲在门后的柳红，快要急死了。怎么有人这么笨呢？那么简单的一个问题，居然问不出口。问呀！赶快问呀！

"我想问你……你需要衣服吗？我看你都没有换洗衣服，要不要……"

柳青一句话没有说完，柳红再也忍不住，从门里奔了过来，对着金琐大声嚷道：

"我哥是要问你，你心里有没有他？你喜不喜欢他？如果他要娶你当老婆，你愿不愿意？"

柳红这样一吼，柳青大吃一惊，手里的匕首，一不小心，就削到了手指。柳青跳了起来，匕首落地，手指滴着血。金琐惊喊：

"哇！你削到手指了！给我看！"

金琐喊着，就忘了自己的脚受伤了，跳起身子，奔向柳青。柳青大叫：

"小心你的脚！"

柳青叫晚了，金琐一个剧痛，就跌了下去：

"哎哟……"

柳青一个箭步上前，金琐跌进了他的怀里。柳青心痛地喊：

"怎样？怎样？有没有再扭到？怎么不小心？骨头才接好，万一再错了位，麻烦就大了……痛不痛？一定痛死了……"

金琐抓着他的手指，根本没顾到脚痛，同时嚷道：

"不得了！伤口好深，怎么不注意呢？柳红，快拿止血散来……"

　　两人喊完，就彼此惊愕地互视着，都在彼此眼底，找到了一直被错失了的真情。两人就深深地互看，看得忘形了。

　　柳红睁大眼睛看着两人，心里雪亮了，咳了一声，清清嗓子说道：

　　"我看，那句话也不用问了！我呢，给你们准备一点日用品、换洗衣服，然后，我就上路了！我会追上紫薇，把要带给她的话带到！至于你们两个嘛，我看，这青山绿水中，又没有追兵，又安静……你们脚伤的养脚伤、手伤的养手伤，等到伤口都好了，再来找我们吧！"

　　柳红说完，就一溜烟地去了。

　　留下金琐和柳青，依然互视着，两人唇边，都涌现了幸福的笑意。

　　这是金琐若干年来，第一次没有时时刻刻地想着紫薇。

　　紫薇经过了一番彻底的挣扎和思考，经过了整夜的辗转反侧，当新的一天来临的时候，她已经想了很多很多，几乎把过去未来，全部想透了。她想过，如果从此看不见，永远看不见，她要如何生活？想过眼睛复明的可能性，想过尔康，如果他以后，要永远面对一个失明的自己，他们的爱，是不是经得起这么沉重而漫长的考验？她想得越多，心里越痛。但是，尔康那些剜自内心的话，字字句句，烙进她的肺腑。是的，她依赖他，她信任他，除了把这个无助的她，完完全全地交给他以外，她还能怎么办？紫薇虽然外表柔弱，在内心，却一直是个非常勇敢的女子。她思前想后，比较定了。小燕子帮着她，梳洗了一番，换上一身干净的衣服。她看起来好多了，不像刚开始那样绝望了。

尔康和萧剑已经决定，不再等柳青、柳红、金琐，立刻动身去洛阳。动身以前，大家又忙着去办一些采购的事。

尔康把客栈里的东西打包。他一面收拾东西，一面看着紫薇，眼神里带着椎心的痛楚，勉强打起精神，说：

"小燕子和永琪去买一些干粮，买一些日用品，我们的东西，都在破庙里给人了！萧剑去结账了！等到他们一回来，我们就上路！从这儿到洛阳，只要翻过一座山，很快就到了。萧剑在洛阳住过，他保证，洛阳有很多好大夫！所以，紫薇，你不要泄气，我们还是充满希望的！"

紫薇坐在那儿，安安静静，带着一股深思的神情，一语不发。

简单的行囊，很快就收拾好了。尔康走到紫薇面前来：

"紫薇！你今天好一点没有？你看看前面，那里是窗子，你能不能看到亮光？"

紫薇抬头，"努力"地看了看。

"看到什么吗？有没有模模糊糊的影子呢？看到我吗？有没有黑影遮在你眼前呢？"尔康充满希望地问。

紫薇摇摇头，用手遮住了眼睛，困顿地说：

"我只要'用力'地看，我的头就好痛！"

尔康一听，吓得面无人色，急忙蹲下身子，握住她的胳臂：

"紫薇，不要'用力'去看了！你尽量休息，能够睡觉，就睡觉。等一下我们就上车了，到了车上，你什么都不要想，就蒙头大睡。只有睡够吃够，你才能和病魔作战！我等一下去厨房里，帮你把大夫开的药再熬一碗，你先吃了再上路！"

紫薇感觉到尔康的担心了，她幽幽地问：

"尔康……你好怕，是不是？"

"是！"尔康的心一阵绞痛，坦白地回答，"大夫说你脑子里有血块，我不知道那代表什么，也不知道血块化掉没有，我……好怕，好担心，如果……如果……"他说不下去了，喉中哽住了。

"如果什么？你说！不要顾忌了！"

"如果你还有更严重的问题，我真的接受不了！我一直自认为是一个很勇敢的人，但是，跟你在一起，我才知道自己一点也不勇敢！我好怕，紫薇，我真的好怕！这种感觉，在上次你夹手指之后，病得人事不知的时候，我也曾经有过！"

紫薇震动了，伸手怯怯地摸尔康的面颊，摸到他眼角的一滴泪，这就让她整个人都惊跳起来：

"尔康，你哭了？你好怕失去我，是不是？"

尔康低声地、心痛地、坦白地说：

"是！怕你会死，怕你会崩溃，怕你把自己封闭起来，怕你不要我，怕你消沉和绝望……我真的怕极了！"

"我值得你这样付出吗？"她颤声问。

"我没有'付出'，你早已是我生命的一部分，你痛，我也痛，你笑，我也笑，你绝望，我也绝望！你把自己封闭隔绝，好像是把我的一部分从我生命中切除，你能想象那个伤口有多大多深吗？”尔康诚挚地说。

紫薇被尔康深深地撼动了。她再深思了一会儿，忽然坐直了身子，把背脊一挺。她的脸上，又恢复了自信和勇敢，她坚定地、有力地说：

“尔康！我想明白了！记得，我们救苏苏的那晚，我跟你说的话吗？我告诉过你，有你在，我真的什么都不怕了！天涯海角，我跟定你了！现在，我虽然看不见了，我还有你！有你这么爱我，这么要我，这么珍惜我！哪怕是一个残破的我，你也把我看成珍宝！如果我再不爱护自己，不振作起来，我就太辜负你了！尔康，你不要怕，我不会死，我要为你好好地活着！我不再退缩了，不再要你去娶别人了，不再抗拒你了！哪怕永远瞎了，也要做一个快乐的瞎子！我的眼睛瞎了，我的心，不能跟着瞎了！”

尔康听到她这番话，真是说不出来地心酸和安慰，他的眼眶湿了，眼睛发亮，热烈地喊：“你不愧是我的紫薇！能够听到你这样一番话，我太感动了！”他把她从椅子里拉了起来，拥进怀中：“紫薇，你的才气、你的善良、你的心胸气度，一直让我骄傲！但是，现在的你，简直让我佩服！我福尔康何幸，能够拥有你！”

紫薇含泪，凄然而洒脱地笑了：

“你说得好温暖，每一个字，熨帖到我的内心深处。我夏紫薇何幸，能够遇到你！”

两人就忘形地紧拥着，在巨大的痛楚中，去体会着彼此那深不可测的爱。

　　大家不敢再耽误，立刻上路了。这次，永琪和萧剑坐在驾驶座上驾着马车。紫薇、小燕子和尔康在马车里。马车在蜿蜒的山中小径上走着。永琪不胜感慨，说：

　　"我们逃亡没多久，东西越来越少，人也越来越少，马也越来越少，盘缠也越来越少……再加上紫薇的病，我真不知道，这样子走下去，何年何月才会走到云南？"

　　"我们也不一定要去云南！"萧剑乐天地说，"只要没有追兵，可以随遇而安。任何一站，都可以成为终站。盘缠越来越少，这是一定的事，我们走着瞧！这么多人，难道还不能挣钱吗？至于柳青、柳红和金琐，我想，吉人自有天相。他们一个都没回来，证明柳青、柳红已经追到金琐了，反正我们一路都留了暗号，他们应该会追上我们！我比较担心的，还是紫薇的眼睛！好在，她自己已经想开了！她实在是个勇敢的女子！让人不佩服都难！"

　　车内，尔康搂着紫薇，坐在车里，恨不得把自己所有的生命力、所有的爱，都注进她的血液里，给她力量和支持。小燕子拿着水壶，一下子给紫薇倒水喝，一下子给紫薇绞帕子，殷勤照顾，嘴里不停地说着：

　　"紫薇！你需要什么，就开口，我帮你拿，帮你做！哪儿痛，也不要忍着，我们随时可以停下来休息！我保证，你的眼睛一定会好！昨天晚上，我跟玉皇大帝商量了一个晚上，求它让你好起来，它已经答应我了！"

　　"是吗？它怎么答应你的？"紫薇勉强提着兴致。

　　"我说：'玉皇大帝，如果你不答应我，就让天不要亮，如果答应了我，就让天会亮！'结果，天亮了！所以，你会好！"

紫薇扑哧一笑。

尔康看到紫薇笑了，感动得不得了，说：

"小燕子，你真好！只有你，现在还有办法让她笑！"

小燕子看着二人，拼命想点子，要鼓起紫薇的兴致，就说：

"紫薇，我出一个谜语给你猜！什么动物站也是躺着，走也是躺着，睡也是躺着，坐也是躺着？"

紫薇认真地想了想，勉强配合着小燕子：

"是不是'蛇'？"

"你怎么一猜就猜到了？"小燕子惊喊。

"我也出一个谜语给你们猜！"尔康也努力振作着自己，要转移紫薇的伤痛，"什么动物站着也是坐着，坐也是坐着，走也是坐着，睡也是坐着？"

"哪有这种动物？"小燕子一愣。

"是不是'青蛙'？"紫薇笑笑，问。

"哇！原来是'青蛙'！我怎么没想到？"小燕子喊。

"我也出一个谜语给你们猜！"紫薇知道两人的心意，也体贴地配合着，"什么东西站也是在走，坐也是在走，睡也是在走，走也是在走？"

小燕子又愣了：

"有这种动物吗？我不相信！"

尔康看着紫薇，这样的紫薇，让他爱进心坎里。他温柔地问：

“是不是‘鱼’？”

小燕子跳了起来，大叫：

“原来是鱼啊！我真笨！”

车外，永琪和萧剑互视。永琪惊讶地说：

“他们还能在车里说说笑笑，实在不容易！”

“这两个‘格格’，都有她们独到的地方！即使在落难的时候，一个永远潇潇洒洒，笑口常开！一个百折不挠，逆来顺受！真让我心悦诚服。”萧剑就深深地看着永琪，认真地问，“永琪，我有个问题想问你，我们弄到现在这个地步，你坦白地告诉我，你还认为你的阿玛，是个‘仁君’吗？”

永琪一怔，脸色严肃地想了想，正色地回答：

“是的！他是个‘仁君’！”

“你不恨他吗？他要砍两个格格的头，再一路追杀我们！他还算‘慈父仁君’？”

“他已经尽力而为了！他一直是个‘慈父仁君’！我们没有做到‘孝’，也没有做到‘顺’！一再忤逆他，做些他不能承受的事。我们在责备他以前，也应该自我检讨。他定了很多规则，不能否认，我们‘犯规’了！他不是一个普通的人，他是一只老虎！我们要在老虎的嘴里拔牙齿，就不能怪老虎咬我们！”

萧剑一愣，不能不用另一种眼光，深深地打量着永琪。

永琪嘴里的“仁君”和“老虎”，这时正在慈宁宫里大发雷霆。因为两位大臣，正在回报追捕永琪等人的经过：

“启禀皇上！李大人连夜快马加鞭赶回来报信！因为不敢伤人，所以顾此失彼。抓到了两位，又被她们逃掉了！”

“什么叫作‘抓到了，又被她们逃掉了’？”乾隆皱着眉头急问。

太后和晴儿站在一边，两人都全神贯注。

“启禀皇上，那位还珠格格花招实在太多，我们防不胜防！她身边全是一等一的武功高手，这还不说，他们还会用迷魂香！我们已经活捉了还珠格格，可是，半夜三更，她的同伴把所有的人全部迷昏，把格格再度劫走！”李大人诚惶诚恐地说。

“迷魂香！这种下三烂的方法，他们也用！”乾隆大惊。

“臣有亏职守，罪该万死！”

“你们这么多的高手，抓到了人，还让她们逃走？”乾隆怒气冲冲地喊，“你们气死朕了！现在，他们往哪个方向去了？你们有没有继续追踪呢？”

“回皇上，我们已经以白河镇为中心点，四面八方派人去搜查了！只要发现踪迹，马上围捕！现在，他们已经损兵折将，马也丢了，一定走不远，臣恳请皇上再给臣几天工夫，保证把他们逮捕归案！”

乾隆一惊，瞪大眼睛急问：

“损兵折将？什么叫作‘损兵折将’？朕不是说过，不许伤害他们吗？损了谁？折了谁？快说！”

两位大臣脸色一变，彼此互看：

“臣不敢欺瞒皇上，据秦大人来报，有个姑娘，在拒捕的时候，不慎掉到悬崖下面去了，当时，有她的同伴，跟着跳落悬崖！听说，另外一个姑娘，从马车上面摔下来，有没有受伤，实在不敢讲！"

乾隆整个人惊跳了起来。晴儿和太后，也都震动极了。太后就惊喊：

"跳落悬崖的人，有没有永琪？"

"臣不知道！"

乾隆顿时心慌意乱，暴跳如雷了：

"岂有此理！朕一再跟你们说，不许伤害他们，你们听不懂吗？怎么让他们掉悬崖的掉悬崖，摔马车的摔马车！你们快去找他们，把太医一起带去，他们又掉悬崖，又摔马车，不可能不受伤！既然有人受伤，一定会到大城市里去找大夫，你们去洛阳找！找不到，就去襄阳找！找到了，不许捆他们，不许绑他们，不许用脚镣手铐，先给他们治病要紧！懂了吗？"

李大人惶恐地说道：

"臣遵旨！只怕找到了人，他们会拼死格斗，如何避免受伤，臣实在为难！而且，就算臣带了太医，他们肯不肯接受，也是大问题！"

晴儿听到这儿，就再也忍不住，一步上前，跪在乾隆面前了。她急切地、哀恳地说道：

"皇上！您要李大人带了太医去找他们，可见，您心里充满了仁慈！对他们几个，也充满了关怀和不忍！晴儿听到您这几句话，感动得无以复加！可是，小燕子他们，根本不知道皇上不许追兵加害他们，他们以为，皇上把他们捉回来以后，还是会送上断头台。所以，看到追兵，就拼命拒捕！一旦拒捕，就会拼命！在拼命的过程中，当然很容易受伤！要让她们免于受伤，必须先让她们了解皇上的心！"

李大人就急忙叩首说道：

"晴格格所言极是！"

乾隆瞪着晴儿。晴儿看到乾隆有些活动了，就继续说：

"皇上！您赦免她们吧！原谅她们吧！让她们知道，您千方百计地找她们，不是要杀她们！或者，您可以用贴告示的方式，告诉她们，皇上已经原谅了她们，不再追究过去的事了，让她们自动回宫！"

"原谅？赦免？那怎么可以？"乾隆色厉内荏地一拂袖子，"她们对朕的欺骗、犯下的大错，朕永远都不会忘记！"

"那么，皇上能不能当作已经把她们发配边疆了？让她们在外面自生自灭！不要再派人追捕了！免得她们为了抵抗而受伤！"晴儿着急地说。

乾隆愣住了。太后就威严地说：

"这是什么话？紫薇和小燕子，根本是两个'妖女'！拐走了皇室里最优秀的两个青年，我不能让她们这样轻松地过关！再说，永琪是我的孙儿，自幼辛苦栽培，是我心头上的肉！就算皇帝舍得他流落在外，我也舍不得！非把他找回来不可！"

晴儿情急地喊道：

"那就'暗访'吧！等到确切了解他们的下落和情况以

后，再作定夺！千万不要公然'追捕'了！说来说去，老佛爷有'舍不得'，皇上有'不忍心'！这'追捕'的行动，一定会让'舍不得'变成'舍得'，'不忍心'变成'忍心'！到那时候，后悔就晚了！"

乾隆被晴儿这一番话深深地震撼了。太后也震动了。终于，乾隆着急和心疼的情绪，遮盖了一切，就对两个大臣吩咐道：

"你们赶快去找他们，化明为暗！只是'暗访'，不是'追捕'，找到之后，不要打草惊蛇，先弄清楚他们现在的状况，有没有人受伤，然后，快马加鞭赶回来向朕报告！等到朕研究之后，再告诉你们怎么办！"

两个大臣松了一口气，急忙躬身，大声说道：

"臣遵旨！"

晴儿也松了一口气，眼睛闪亮而感动地看着乾隆。

第十章

　　经过几天的跋涉，尔康、永琪等一行人，终于抵达了洛阳。

　　马车驶进城里，但见街上车水马龙，人群熙来攘往。

　　永琪和萧剑把马车停在一家卖笔墨宣纸的商店门口。小燕子掀开窗帘，不住对外张望，喊着：

　　"哇！这个洛阳真的不一样！好热闹啊，我看，比北京还热闹！"

　　萧剑跳下车，对永琪说：

　　"永琪！这家店是我的朋友开的，你们先不要下车，我去打听一些事情！马上就回来！"

　　永琪点点头，萧剑就奔进商店中。

　　车内，尔康拉着紫薇的手，细心地解释街上的情形给紫薇听：

　　"这里就是洛阳了，街道很宽，也很干净，老百姓的衣服都穿得很漂亮！看样子，是一个很繁华的地方……我认为，我们有希望了！这样繁荣的城市，一定会有好大夫！”

正说着，萧剑奔了回来，打开车门，递给尔康一张名单：

“尔康！这个名单，是洛阳城里所有名医的名单！地址都写在下面，有的还是专门看眼科的！我想，紫薇的眼睛不能耽误，越早治疗越有希望！”

“那么，我们先去找大夫，再去住客栈！”小燕子积极地说。

“我们不住客栈了！我已经找到几间民房，是个小四合院，我把它租下来了！我说过，‘大隐隐于市’，我们在这儿住一段时间，等到紫薇的眼睛治好再动身！我们先去四合院，然后，尔康就带紫薇去看大夫！”

“萧剑！这一路上，幸好有你！”尔康感激地说。

萧剑笑笑，跳上驾驶座，一拉马缰，马车往前走去。萧剑轻车熟路，一会儿以后，就来到一个四合院。车子驶进院子，大家下了车，走进客厅，但见窗明几净，家具皆全。一个看守房子的老头看到萧剑，就把房门钥匙交给了他，离开了。

小燕子四面看来看去，惊喊：

“萧剑！你真是天才，在我们逃难的情况下，还能找到这么好的房子给我们住！你怎么到处都有朋友？”

“这就是‘一箫一剑走江湖’的结果！这个小四合院，有三间卧房，还是独门独院，够我们住了！租一个月的租金，我们住客栈，只能住两天！好了，大家帮忙，赶快把车上的行李搬下来！”

"我能帮什么忙？"紫薇问。

尔康把紫薇牵到椅子前，把她的身子按进椅子里：

"你坐在这儿不动，就是帮我们大家的忙了！"

紫薇只好坐着不动。小燕子、永琪、尔康、萧剑就忙忙碌碌地把行李、用具、衣服、食物都搬了进来。永琪问：

"厨房在哪里？我看，我们需要烧一壶水，泡一壶好茶来喝喝！好不容易，住进一家有点'家味'的房子了！今晚，大概可以睡一觉了！"

萧剑看了永琪一眼：

"永琪！你很不简单！"

"我才觉得你很不简单呢！"永琪说。

"彼此彼此吧！"萧剑哈哈一笑。

小燕子有点兴奋，嚷着：

"你们'彼此彼此'，我来'呼噜呼噜'！"

"什么叫'呼噜呼噜'？"萧剑听不懂。

"烧开水啊！开水烧开的时候，就'呼噜呼噜'了！"

小燕子找到水壶，奔到后面去了。

紫薇有些萧索，觉得自己一无用处，叹了口气，说：

"看样子，我只好'茶来伸手，饭来张口'了！"

尔康握住她的手，安慰地说：

"我们休息一下，喝一口茶，换件衣服，你也梳洗梳洗……然后，我们马上就去看大夫，我这儿有十个大夫的名字呢！"

"等会儿，让小燕子陪你们去看大夫，紫薇身边，还是有个姑娘照顾着比较好，我和永琪去买一些日用品，顺便去察看一下洛阳城里有没有官兵在搜捕我们！也看一看官府的动静！"箫剑说。

"对！这是当务之急！"永琪接口，"如果这个洛阳已经是风声鹤唳，我们也不宜久留！所以，看大夫和打探军情，是马上要做的事！"

尔康深深点头，看着紫薇。

梳洗过后，大家就马不停蹄地行动了。

尔康立刻驾着马车，带着紫薇和小燕子，跑遍了整个洛阳城。他们在半天之内，连续看了六个大夫，但是，每个大夫都在诊治之后，就没把握地摇头，再开一个安神活血的药方，就算了事了。尔康越看心越冷，紫薇越来越失望。

马车到了东四大街，街上非常热闹，许多小弄小巷纵横其间。尔康把马车停下，小燕子搀着紫薇下车。紫薇困顿而泄气，灰心地说：

"我看没有希望了，已经看了好多大夫了，都说不知道怎么治，大概我再也看不见了！"

尔康心里难过极了，却拼命给紫薇打气：

"名单上的大夫，还有四个没看过，名单上没有的大夫，还有好多呢！不看到最后一个，我就不甘心！何况，除了洛阳，还有别的城市，我们在洛阳看不好，就去襄阳看！襄阳看不好，我们回北京！"

"不要灰心嘛！紫薇，大夫不是都说，只要心情好转，身体调养好，说不定你会突然就好了！你先要把自己放松才行！"小燕子说。

尔康拿着名单找大夫的地址，找来找去找不到。

"我去问问路！小燕子，你陪紫薇站在这儿等我一下！"

小燕子就扶着紫薇，站在路边。尔康去商店里问地址，问了一家不知道，又去问另外一家店。

小燕子忽然发现，路边上，有两个人在下围棋，有些人在围观。她不禁兴趣盎然，拉着紫薇说：

"紫薇！过来一点！"

她拉着紫薇，就走到路边去看棋。只见两个老者，下得难解难分。围观群众议论纷纷，你一言、我一语地批评着：

"孟老这盘棋输了！"

"我看，是李老输了！"

小燕子伸长了脖子看，忍不住问道："黑棋是孟老还是李老？我看，黑棋赢了！"说着，就焦急地嚷："喂喂……黑棋，不能走那一颗子！换一步，换一步……走这儿！走这儿！"她就松开拉着紫薇的手，去棋盘上指指点点。

"观棋不语！"孟老说。

"你这样走就输了嘛！"小燕子急得不得了，"你看，你这个犄角一大块棋都死掉了！走这一步，就活了！"她干脆上前，把那颗黑子拿起来，换了一个地方放下。

"他走这一步，我走这一步，那要怎么办？"李老问，落下一颗子示范着。

"那……他再走这一步！"小燕子也落下一颗子。

"那……我再走这一步！"李老再下了一颗子。

"那……他就走这一步！"小燕子继续落子。

"好，我就走这一步！"李老也继续落子。

小燕子干脆挤开孟老，兴致勃勃地和李老下了起来。

群众看到一个姑娘和老者下起棋来，就都围过来看，指指点点，议论纷纷。

这时，有群孩子嬉笑着奔来，把紫薇一撞，紫薇踉踉跄跄后退了好几步，这才站稳。又有一群年轻人追逐嬉笑着奔来，撞得紫薇七荤八素，越退越远。

紫薇失去了小燕子的踪迹，顿时惊慌失措，茫然四望，小小声地喊："小燕子！小燕子……你在哪儿啊？我看不见啊……你不要走开嘛！小燕子……"她侧耳倾听，要找小燕子的声音，摸索着向前走，却越走越远了。

她完全不知道，有个大汉已经注意了她很久，看到她落单了，就跟了上来。

"姑娘！你看不见啊？"大汉柔声问。

"是！"紫薇急忙点头，"有没有看到跟我在一起的那个姑娘？眼睛大大的，眉毛黑黑的？拜托，帮我找她一下，好不好？"

"眼睛大大的，眉毛黑黑的，长得挺漂亮的，是不是啊？"

"是是是！"

"她在那边下棋呢！我带你去找她！"

"谢谢！谢谢！谢谢！"

大汉就牵着紫薇，越走越远离人群，走进一条小巷。紫薇听听，觉得不对了，急忙退后：

"怎么听不到人声了？这是哪儿？"

大汉突然把紫薇一抱，扛在肩上，拔腿就跑，说：

"姑娘！我带你去一个好地方！"

紫薇大惊，放声大叫：

"尔康……尔康……小燕子……小燕子……"

大汉一掌打向紫薇的后脑勺，正好打在紫薇受伤的地方，紫薇惨叫一声，就晕了过去。大汉就扛着她飞奔，穿过几条小巷，跑得无影无踪了。

尔康问到了路，从一家店铺里急匆匆地出来，喊着："好了！好了！找到了，这个大夫住在前边巷子里……"他忽然发现紫薇和小燕子都不见了，这一惊真是非同小可："紫薇！紫薇！小燕子！"他放眼四看，心惊胆战，急切地放声大喊："小燕子……"

正在下棋下得难解难分的小燕子，听到尔康的喊声，急忙应道：

"我们在这儿呢！等我一下……我马上就下完这盘棋了……"

尔康钻进人群，气急败坏地拉起了小燕子：

"紫薇呢？"

"紫薇？她不是在我旁边吗？"小燕子回头四看，"咦！紫薇去哪里了？"这下急了，跳起身子，拨开人群，到处找："紫薇！紫薇！你在哪儿？紫薇……"

尔康的脸色，倏然雪白。他冲出人群，抓住每一个路人，急促地问：

"请问，有没有看到一个姑娘，眼睛看不见，穿粉红色的衣服！有没有看到？"

路人一个个摇头。

小燕子已经像一只无头苍蝇般，在人群中惶急地东窜西窜，疯狂般地喊着：

"紫薇！紫薇！你在哪里啊？紫薇……老天啊！你赶快出来呀！紫薇……"

尔康一连问了好几个人，都不得要领，脸色越来越苍白。他一回身，抓着小燕子的胳臂，一阵乱摇，嘶哑地说：

"你赶快找到紫薇，如果找不到，我会杀掉你！"

小燕子的泪水，噼里啪啦地掉落，疯狂地点头，哽咽地说：

"我找！我找！找不到她，我一头撞死！"

尔康和小燕子，就情急地、疯狂地喊着叫着，问着每一个路人。

"请问，有没有看到一个很漂亮的姑娘，眼睛看不见……"

"紫薇啊！紫薇……你快出来啊！紫薇……紫薇……"小燕子边哭边喊。

紫薇一点踪迹都没有。

尔康和小燕子，找了半晌，什么线索都没有。两人都心慌意乱、手足无措了。尔康觉得全身冰冷，就算紫薇她们上断头台那一刻，他也不曾这样害怕和绝望。眼看在街上盲目搜寻不是办法，就急急地跑回四合院来求助。两人冲进房间，尔康一迭连声地喊了过去：

"箫剑！箫剑……你赶快想办法，紫薇不见了！"

萧剑和永琪大惊。

"什么？怎么会不见了？在哪儿不见了？"萧剑惊问。

小燕子哭得眼睛都肿了，拉着永琪，哭着说："都是我不好，尔康去问路，要我牵着紫薇……我看到有人在下棋，就忘了紫薇，一转眼，她就不见了！说不定给皇阿玛派来的人抓走了！我们在街上大喊大叫，找了一条街又一条街，大家都说没有看到！我把紫薇弄丢了……我没脸见尔康……我要去撞墙！"说着，就一头对墙撞去。

永琪大惊，拦腰抱住了小燕子：

"你做什么？紫薇不见了……我们赶快去找紫薇，你发疯，我们不是更慌乱了吗？"

"尔康恨死我了！尔康恨死我了……"小燕子哭得上气不接下气。

尔康确实快要发狂了，他往小燕子面前一站，红着眼眶，对她大吼：

"对！我恨死你了！恨不得掐死你……紫薇，她眼睛看不到，她怕我们难过，拼命掩饰她的无助！事实上，她对这个看不到的世界，充满了陌生和恐惧！即使你抓着她的手，也可以感觉出来她在发抖，她在害怕……你居然会放掉她！在这个节骨眼，你居然会去下棋，把她忘得干干净净！现在，她不见了！她会遭遇一些什么事情，你想过没有？如果被坏人带走了，她不会武功，眼睛失明，我们所有的人都不在她身边……你想过没有？她会怎么样？如果她吃了亏，受了侮辱，以她的个性，她还能活吗？还能活吗？"

小燕子用手捂着脸，哇的一声，放声痛哭："我去死，我也不要活了！我去找一把刀……我把自己杀了！"小燕子喊着，就挣开了永琪，要往厨房跑。

永琪一个箭步上前，再度牢牢地抱紧了她，对尔康喊：

"你怎么了？这样骂小燕子有用吗？一个已经丢了，你还要另一个死吗？小燕子把紫薇弄丢了，她已经痛苦得不得了、自责得不得了，不用你骂她，她也会把自己骂死，你就包容一点呀！你这样凶她，她怎么受得了呢？用用理智、用用思想，我们当务之急，是要想办法找紫薇，不是要逼死小燕子！"

尔康握着双拳，涨红了眼睛，跺脚说：

"我没有理智！我承认我没有理智！紫薇一丢，什么理智、思想、教养……通通去他的！不管找得到还是找不到紫薇，大家以后，各奔前程，各走各的路！要抹脖子的去抹脖子，要跳楼的去跳楼，要撞墙的去撞墙，谁也别管谁了……"

小燕子在永琪怀中，拼命挣扎，拼命哭喊：

"放开我！放开我！我真的不要活了……尔康骂得好！骂得对！我没有心肝，没有责任心，我坏！如果是我的眼睛瞎了，紫薇一定会牢牢地牵着我，绝对不会放掉我……我对不起紫薇，尔康……你掐死我吧！你拿剑拿刀，一刀劈死我吧……你打我吧……"

尔康瞪着小燕子，目眦尽裂，眼睛里像是要喷出火来：

"你以为我不敢打你是不是……"

永琪护着小燕子往后退，对尔康急促地说：

“你不要发疯！你敢伤害小燕子，我和你也没完没了！小燕子又不是故意的，你知道她的个性，为什么要把紫薇交给小燕子？为什么你自己不牵好紫薇？”

永琪一句话说中了尔康心里最深的悔恨和自责，他就再也控制不住自己了，恨恨地大喊：

“是啊！我该死！我中了邪，我疯了，我病了，才会把紫薇交给小燕子……我是世界上第一名的糊涂蛋！”

萧剑听了半天，忍无可忍，往尔康和永琪中间一站，大声地、稳定地一吼：

“你们通通冷静一点！”

小燕子、尔康、永琪都住了口，抬头看萧剑。

“听我说！”萧剑沉稳地说，“我刚刚已经在洛阳摸过底，那个‘老爷’的人马还没有开始搜寻洛阳！官兵和侍卫，都没有出现！所以，紫薇不可能会被追兵带走！以紫薇的美丽，她八成被这儿的坏人发现了！还好，我在洛阳还有一些朋友，黑白两道，我都有熟人！因为你们大家的身份特殊，本来我不想惊动这儿的朋友，现在已经没办法了！你们先不要慌张！永琪，你守着小燕子，别让她再出问题！尔康，我们去找一个朋友！”

“我也要去！我也要去！”小燕子喊着。

萧剑很有气派地对小燕子一吼：

“你如果要帮忙，就留在这儿，哪里都不要去！如果我们需要你们两个，我们会回来找你们的！尔康，走！”

尔康看着萧剑，如同乍见曙光，跟着萧剑飞快地去了。

至于紫薇，被带进了一家妓院，名叫"醉红楼"。

那个大汉扛着她，直奔进老板娘的房间里，把她往地上一卸。

紫薇已经醒了，从大汉的肩上滚落在地，摸索着坐了起来。

"孙妈妈！我给你送了一个新鲜货来了！"大汉嚷着。

紫薇睁大眼睛，茫然地看着，惊慌地喊道：

"这儿是哪里？小燕子！小燕子……"

老板娘很有兴味地绕着紫薇走，上上下下地打量她，接口说：

"我们这儿没有小燕子，倒有一个小黄莺！你叫什么名字？我看，可以取一个名字叫小粉蝶！"

紫薇听着声音，害怕极了，慌慌张张地站起身子，手足无措，问：

"请问，你们这是什么地方？我的眼睛看不见，你们把我带到这里来干什么？"

"眼睛看不见？原来是个明眼瞎子啊！这就不值钱了！"老板娘惋惜地说。

"不值钱？不值钱我就带走了！"大汉说着，过来拉扯紫薇。

"好了好了，看在长得还漂亮的分上，我就留下她吧！你要多少？"

"十两银子！"

"十两？你敲诈呀？就算是个黄花大闺女，也不值这个钱！"

"我这个妹子，就是一个黄花大闺女啊，不信，你检查检查看！"

紫薇听着，大惊失色，恐惧地说："这是怎么一回事……"她转向老板娘的方向，急喊："我跟那个人不认识，他不能把我卖给你，我不是他的妹子，你千万千万不要上当！我走在街上，被他莫名其妙地抓了过来……请你放了我，我保证给你十两银子……"说着，她就去摸腰间的钱袋，一摸，哪儿还有钱袋，急喊："我的钱袋呢？我的钱袋呢？"

"钱袋？你身上压根儿没有钱袋，我早就检查过了，不要装傻了！"大汉说。

紫薇找不到钱袋，更慌了：

"大婶！求求你放了我！求求你……"

"来不及了！进了我'醉红楼'，就出不去了！"老板娘慢条斯理地说道，"小赵！这妞儿有没有麻烦呀？你能不能保证？"

"有麻烦！有大麻烦！"紫薇急喊，"你们赶快放了我，要不然，我的朋友会找过来，他们不会饶你们的！"说着，就扑通一跪："大婶！请你行行好……把我送还到那条街上，那条被抓来的街上，我的朋友会酬谢你的……"

"听这腔调，是个外地人……"老板娘兴趣更大了。

"对！是外地来的！没根没蒂，不会牵丝攀藤……只要你藏得好！"

紫薇越听越害怕，紧张地问：

"你们这儿是做什么的？"

"我们吗？做的是'送往迎来'的生意，男人到我们这儿来找乐子，我们想办法让他们尽兴！你进了我家门，好处也是不少的……"

老板娘话没说完，紫薇了解了，吓得魂飞魄散，突然，转身就跑，嘴里大叫：

"救命啊……救命啊……救命啊……"

紫薇看不见，绊倒了椅子茶几。她摔了下去，花瓶摆饰，乒乒乓乓摔了一地。

"你这个贱人！给我找麻烦！"大汉冲了过来，抓起紫薇，就给了她一耳光。

紫薇拼命挣扎，喊着：

"天啊！尔康……你在哪里？赶快来救我啊……来救我啊……尔康……"

大汉听她喊得惊天动地，一气，噼里啪啦，又给了她好几个耳光：

"你再叫！再叫我就打死你！"

紫薇所有的勇气全部消失。双目失明，已经绝望到了顶点，现在又陷身在这儿，没有尔康，没有小燕子，她要怎么办？她吓哭了，痛喊着：

"我没有得罪你们，我跟你们无冤无仇，你们为什么要这样对我？要钱，我给你们钱，只要你们把我送回家去！我一定重重地酬谢你们！"

"你家住在哪儿？哪条街？哪条巷？"老板娘问。

紫薇一呆，这才想起，自己根本不知道四合院的地址。

"天啊！我不知道在哪里……"

"自己的家在哪儿都不知道，还说什么酬谢？"老板娘冷笑。

紫薇顿时觉得天旋地转，抬头，惨烈地大喊：

"大婶！我是好人家的姑娘，我的身子，不可侵犯！谁要欺负我，我必死无疑，绝不苟且偷生！你要一个死人做什么？"

老板娘走到紫薇身边，对她斩钉截铁地说：

"从现在起，你是我们'醉红楼'的人了！不要吵吵闹闹、哭哭啼啼了！进了我这个门，就再也不是清白大姑娘！寻死觅活那一套，我看多了，到最后都是乖乖听话的份！所以，你识相一点，就给我乖乖听话！要不然，我们可有的是方法来对付你！来人呀！"

就有几个大汉走进。

"把她先给我关起来！给她一点教训，让她见识见识我们'醉红楼'的厉害！"

"是！"

几个大汉就拎着紫薇的耳朵，把她拉了出去。紫薇一路惊天动地地喊着：

"尔康……救我……救我……救我……"

同一时间，尔康和萧剑，正跋涉在洛阳街头，到处找寻紫薇。

萧剑实在是个奇人，在北京有生死之交老欧，会为大家卖命。在洛阳也有一个生死之交，名叫顾正。顾正是"振远镖局"的总镖头，行侠仗义、威名远播，在洛阳是个有名的"人物"。看到萧剑来访，顾正兴奋得不得了，闹着要为萧剑摆酒洗尘。等到明白了萧剑的来意，看到举止不凡的尔康，听到紫薇失踪的经过……他二话不说，立刻放下手边所有的事来帮忙找寻紫薇。

他们开了一个小小的会议，顾正认为，紫薇眼睛看不见，不会"走失"，那么，被人带走是最有可能的。所以，餐馆、酒楼、烟馆和几个人口贩子是最大的目标。他们立刻开始寻访，走了一家又一家、问了一个又一个，却一点消息都没有。

黄昏时分，还是没有结果。顾正心里有数，这种情况，只剩下了青楼妓院。他看到尔康那种牵肠挂肚、魂不守舍的样子，明白这个失踪的姑娘在尔康心里的分量，不愿尔康太过担心，他建议说：

"听我说……你们先回去，等我的消息！我明天不去走镖了，我让我的徒弟赶紧去四面八方打听！你们相信我，我一定会把这位紫薇姑娘找出来！"

"不行！"尔康急切地说，"我不能等到明天！从今天到明天，谁知道会发生些什么事？如果今晚找不到她，我真的不敢想象，情况会多坏！顾兄，请勉为其难，我们还是继续去找，行吗？如果你要派徒弟去打听，也让我跟着去打听吧！"

"你跟着，反而会阻碍我们的打听！你毕竟是一张生面孔，很多地方，我们能去，你不能去！大家看到你，会什么话都不说的！"

“尔康，顾兄说得对！如果你想早点找到紫薇，就听命回去吧！我想，顾兄只要一有消息，一定会飞快地来通知我们！”萧剑拉着尔康说。

“就是！就是！我向你们保证，这件事，我顾某人是管定了！”顾正一拍尔康的肩，“我要争取时间，赶快行动了！”

尔康痛楚而无奈地看着顾正，一抱拳：

“千言万语，说不出我心里的感谢！一切拜托了！请您尽全力，帮我找到她！”

顾正一点头，掉头而去。

尔康和萧剑沮丧地回到四合院，小燕子就急急忙忙地迎上前来：

“找到了吗？紫薇呢？紫薇呢？”

永琪一看两人脸色，心已经一沉，问：

“没有线索吗？一点都没有吗？”

尔康筋疲力尽地倒进一张椅子里，连说话的力气都没有了。萧剑摇摇头说：

“我已经找了一个很有力量的朋友，现在，布下天罗地网，到处去打听了！我们回来等消息。”

“什么时候才有消息呢？”小燕子着急地喊，“在我们等消息的时候，紫薇有没有危险呢？如果坏人把她扣住了，欺负她，占她便宜，怎么办？她现在连打死一只小蚂蚁的能力都没有……”

“小燕子……”永琪急喊，要阻止小燕子说下去。

小燕子连忙住口，只见尔康面色如死，眉头紧蹙，用双手蒙住了脸，扑在膝上。那种痛楚，像是已经不胜负荷了。

小燕子怯怯地看着尔康，半晌动也不敢动。然后，她走到桌前，倒了一杯热茶，双手捧到尔康面前，悔恨地、小小声地说：

"尔康，对不起，我错了，真的对不起！你好累，是不是？一定走了好多路，吹了好久冷风，赶快喝一杯热茶……"

尔康心中一抽，猛地一抬手，把那碗茶打落到地上去了。他抬起眼睛，恨恨地看着小燕子，哑声地说：

"你走开！不要管我！"

小燕子呆呆地看着尔康，眨巴着大眼睛，拼命咬着嘴唇，忍着眼泪。

永琪和萧剑都被尔康这个举动吓了一跳。平时尔康温文儒雅，几时有过这样失常的举动？永琪看到小燕子咬牙忍泪的样子，就按捺不住冲上前来，说：

"尔康，何必呢？你心里的着急和痛楚，我们每个人都知道，都了解。事实上，我们跟你一样着急，一样伤心。小燕子刚才已经把自己骂了几千几万次，如果她可以让时间倒流，她一定宁可自己粉身碎骨，也不愿失去紫薇。她倒茶给你，跟你道歉，向你请罪，你就算不原谅她，也不必这么凶……我们是'一家人'呀！有任何灾难和痛苦，我们一起承担就是了……"

尔康听到这儿，再也忍不住，站起身来，握着拳头，对永琪吼道：

"不要说大话了！什么'一家人'？什么'一起承担'？

失去紫薇，对你们的意义和对我的意义怎么能够相提并论？我的着急和痛苦，你们怎么会了解？如果你们了解、如果你们和我一样在乎紫薇，今天紫薇怎么会失踪？你让开，不要跟我说大道理，我现在什么道理都听不进去……道歉、请罪对我有什么用？我不要小燕子的道歉和请罪，我只要紫薇回来！只要紫薇安安全全地站在我的面前……其他的事，全部免谈！”

“为了紫薇，你把我们所有的友谊都置之不顾了，是不是？”永琪生气了，“你一直是个最有气度、最有风度的人，现在怎么变得这样不近情理……”

“此时此刻，你还跟我讲风度、气度？”尔康愤怒地说，“我哪里还有精神来顾及风度、气度？你们谁都不要惹我，尤其是小燕子！最好离我远远的，免得我控制不住自己！老实告诉你们，我的世界已经天崩地裂！只要一想到紫薇现在可能的处境，我就恨不得把小燕子给杀了……”

“你……你也不能全怪小燕子呀……”永琪喊。

谁知，小燕子往前一冲，一迭连声地喊：“该怪我！该怪我！都是我的错！永琪，你不要帮我说话，让尔康骂我！”说着，她把脸孔往尔康面前一仰，闭着眼睛，惨然说：“尔康，你给我两耳光，我生平最恨别人打我耳光，可是……我给你打，是我欠你的，是我欠紫薇的！”

尔康瞪着小燕子，永琪生怕他真的打下去，就往中间一拦。

“不可以！”永琪喊。

尔康咽了一口气，废然地摇摇头，忽然掉转身子，往门外就冲了出去。

他直奔马房，跳上一匹马背就策马狂奔，穿过冬日的枯林、旷野。他心里在疯狂般地呐喊着：

"紫薇，你在哪里？你在哪里？告诉我，用你的心灵告诉我！我们一向心灵相通，以前你失踪过一次，我都会在幽幽谷和你重逢！现在，用你的心灵，告诉我，你在哪里？你在哪里……"

他疾奔了一段，终于勒马站住。但见落日正在沉落。他看着落日，默然片刻，骤然用尽全身力气，对着落日狂呼："紫薇……"他那悲凉的声音，穿云透天而去。

后面马蹄传来，永琪骑马追了过来，喊着：

"尔康！"

尔康没有回头，永琪策马过来，停在他身边：

"尔康，回四合院吧！万一顾正有消息给我们，你错过了，不是不好吗？"

尔康抬头，凄苦地看着永琪：

"怎么会发生这样的事呢？为什么所有的悲剧，都围绕着紫薇？老天太不公平了！太不公平了！"

永琪深深地看着他，真挚地说：

"紫薇会没事的，我有强烈的感应，紫薇不会有事的！俗话说，'乌云遮不住天空，霜雪敌不过太阳'，紫薇在我心里，像天空，像太阳，不论有多少风霜雨露，终究会云散风清、阳光普照的！"

"说得好！"尔康感动了，"以前，紫薇受伤拔刀的时候，皇上说，他贵为天子，不许她有事，结果，紫薇果然好了！现在，你说这话，你是天子的儿子、你是阿哥，但愿你也有金口！"

永琪猛点头：

"如果阿哥就有金口，我从来没有一个时刻，这样感激上苍，让我是个阿哥！"

尔康和永琪互看，那份高贵的情谊，就在两人眼底闪耀。永琪一拍尔康：

"走吧！我们赶快回去等消息！"

两人回到四合院，小燕子已经烧了一些饭菜放在桌上，但是，所有的人，没有一个肯吃。

天黑了，月亮高挂在树梢。

尔康站在窗口一动也不动，像一座雕像。大家看着他，想着紫薇，大家的紫薇、温柔的紫薇、高贵的紫薇、可爱的紫薇，善解人意的紫薇……大家的心都痛得没有力气说话了。

就在这一片伤痛中，顾正突然来访。一进门就喊：

"箫剑！紫薇姑娘的事，有点眉目了！"

尔康、小燕子、永琪、箫剑全部震动了。尔康急喊：

"找到了吗？她在哪里？"

"她好不好？有没有受伤？"小燕子惶急地喊。

"不忙，不忙！我还没有找到人，但是，我有一个朋友，曾老板。这个洛阳城里的花街柳巷都是他的势力范围，我已经把紫薇姑娘失踪的情形告诉了他，他马上打听了一下，据说，紫薇姑娘可能陷在一个名叫醉红楼的地方……"

小燕子急急地问：

"那个'花街'是哪条街？专门卖花的吗？醉红楼是个什么楼……"

永琪急忙拉了小燕子一把。小燕子倏然醒觉，慌忙住口。

尔康眼神一痛，脸色如同白纸。永琪急呼：

"那还等什么？我们赶快去找这个曾老板吧！"

"是是是！我们快去……"小燕子跟着喊，就要冲出门去。

萧剑一拉永琪：

"那个地方，不是小燕子可以去的地方！你还是陪着小燕子在这儿等消息，我和尔康去找！"

"我要去，我要去……"小燕子喊着。

"听萧剑的，没错！"永琪拉住了小燕子。

尔康早已急步跟着顾正出门去了。

紫薇被关在一间狭小的房间里，不知道自己已经被关了多久。晚餐的时候，曾经有个女人给她送了饭菜来，但是，她一口也没有吃。她蜷缩在床上，惊恐地倾听着。

房门一开，两个大汉拿着鞭子走了进来。

"听说你不吃东西预备绝食，是不是？"一个大汉吼着。

紫薇一颤，无助地、徒劳地睁大眼睛，哀声地说：

"请你们放了我！求求你！"

大汉手里的鞭子对着虚空一挥，发出哗的一声响，紫薇一个惊跳。

"放了你？门都没有？进来了，就认命吧！姑娘！我们老板娘要知道你想通了没有？要不要好好地干？”

紫薇拼命摇头：

“这是不可能的……你们这样把我抓来，实在太伤天害理了……”

唰的一声，大汉一鞭子抽了过来。紫薇看不见，被打个正着，痛得缩成一团。

“这么漂亮的小脸蛋，打花了不是可惜吗？干？还是不干？”

紫薇痛得说不出话来，拼命摇头。大汉的鞭子又抽了过来。紫薇满床翻滚，鞭子唰唰唰地抽着：

“干？还是不干？”

紫薇蜷缩着身子，摸索着，摸到床的柱子。大汉扑了过来，唰的一声，撕破了紫薇的衣服，嚷着：

“妈的！到了‘醉红楼’，还装什么三贞九烈？”

紫薇扶着柱子，跳下地，站了起来。

“想逃吗？你是瞎子，要逃到哪里去？你就逃逃看……我让你逃！”

紫薇痛喊：“士……可……杀……不……可……辱！”就一头撞在柱子上。

紫薇跌在地上，额头上，立刻肿了一个大包。大汉大怒，把她拎了起来，看了看，没什么大碍，就把她摔在床上，大骂：

“撞头？你敢撞头？真他妈的寻死啊？你撞不死，我打死你……”

鞭子唰的一声，又抽了过去。

正在这时，房门砰的一声撞开了，老板娘急促地喊着：

"不要打了，这……大水冲了龙王庙……嘿嘿……"

尔康、萧剑早就冲进了房间，尔康一见这个情形，几乎整个人都爆炸了。他大叫一声，就飞扑过去，一拳一脚，两个大汉立即震得飞跌出去。撞到墙的撞到墙，撞到桌子的撞到桌子，两人重重地跌落在地。

紫薇不知道又发生了什么，惊恐地把自己蜷成一团，用手护住胸前被拉破的衣服，浑身颤抖。尔康痛喊：

"紫薇！"

他扑到床前，去抱紫薇。紫薇已经神志不清，惊恐地一缩，恐惧地问：

"是谁？是谁？不许碰我……不许碰我……"

尔康眼睛一闭，真是万箭钻心，天崩地裂，心痛如绞。他哑声地急呼：

"是我！是尔康，是尔康呀！紫薇……我的声音你听不出来吗？"

紫薇不敢相信，呆呆怔怔地、断断续续地说："尔康？尔康？不不！"她害怕极了，拼命往床里缩去："你骗我……骗我……我不要……不要……"

尔康脱下自己的外衣把紫薇包住，一把抱了起来，在她耳边心碎地说：

"山无棱，天地合，才敢与君绝！"

紫薇有了真实感了，头一歪，倒在他怀里，轻轻地吐出几个字：

"是你……尔……康！"

箫剑看到紫薇被弄成这样，目眦尽裂，瞪着曾老板和顾正，咬牙切齿地说：

"顾兄，我还要那个带走紫薇的人！"

顾正也义愤填膺，一本正经地回答：

"箫剑！你的意思我明白了！交给我吧，我不会放过他的！"

尔康和箫剑，终于救回了紫薇。

马车停在院子里，尔康抱着紫薇下了车，走进客厅。小燕子像箭一样冲了过来，看到紫薇回来了，就惊喜地、痛悔地扑了过去，喊着：

"紫薇！紫薇……谢天谢地，你回来了，尔康他们把你找到了……我真对不起你，我是混蛋，我是大杂碎，我是猪！是狗！是神经病！你……流血了……我去拿药箱……我去拿紫金活血丹和白玉止痛散……"

尔康看着遍体鳞伤的紫薇，对小燕子更是有气，抱着紫薇一退，愠怒地说：

"你离我们远一点，再也不用你来管我们的事！你让开！"

小燕子像被打了一棒，踉跄后退，睁大了噙着泪水的眸子，痛楚地看着尔康。

永琪着急得上前，看看狼狈的紫薇，再看面如白纸的尔康，急促地说：

"尔康，人找了回来，你就不要生气了！紫薇怎会弄成这样？她被谁带走了？被谁欺负了？我们赶快给她上药、换衣服……小燕子！你去给紫薇找一身干净衣服，我去井边提水。先给她清洗一下，检查一下有多少伤口……"

尔康再一退，硬邦邦地说：

"不劳费心！你们都让开，我自己会照顾她！"

尔康就抱着紫薇，走进卧房里去了。

永琪一愣，半晌无语。然后，抬起头来，看着萧剑。萧剑摇摇头，沉痛地说：

"我们在一家妓院找到她，她已经被打得遍体鳞伤，衣服也撕破了，头上的伤口，是撞柱子撞的！还好，她拼死保住了她的清白！"

小燕子一听，紫薇居然被弄得这么惨，就用手捂住嘴，眼泪不停地掉，语不成声地说："妓院？老天啊！紫薇怎么受得了？尔康永远都不会原谅我，紫薇也不会原谅我，我自己也不会原谅我……"说着，就用双手捶着自己脑袋："我怎么这样糊涂？我除了闯祸，还会做什么？还会做什么……"

永琪急坏了，拼命去拉住她，说：

"不要这样子！紫薇眼睛看不见，陷在妓院一定受了好多的委屈、好大的打击，满身都是伤口，这个时候，她会需要你的！你不要被尔康的态度给吓住，尔康是太心痛、太难过了，才会这样！你是紫薇的姐姐，不管尔康给你多大的难堪，你还是要去照顾她呀！"

"我算是什么姐姐？我算是什么狗屁姐姐？我把紫薇害得这么惨！我该被乱刀砍死、被五马分尸！紫薇……她一定恨死我，她再也不会要我这个姐姐了……"

箫剑看着这一切，深深震撼着，就走到窗前坐下，拿出自己的箫，吹了起来。

箫声绵绵袅袅，有如天籁般响起，带着无比平和的镇定力量。

小燕子终于平静下来了。

尔康抱着紫薇，走进房间，把她小心翼翼地放上床。他就坐在床沿上，拉开那件包着紫薇的外衣，想去查看她的伤势。

紫薇一颤，迅速地用手拉紧了衣服。

尔康怔了怔，不敢刺激她，急忙拉开棉被，把她盖住。他握住她的手，痛楚地、温柔地、请求地说：

"紫薇，我必须给你检查一下，我不知道你身上有多少伤。我们两个已经这样好、这样密不可分，我们的心灵，早已结合成一体，你还在乎让我检查吗？给我看看，好不好？"

紫薇拉紧衣襟，拼命摇头。

"好好！我不碰你，你不要紧张。可是，你头上的伤口，一定要处理，我去提水，我去拿药……只离开你一下下，好不好？"

紫薇紧紧地攥着他，不说话，也不放他走。尔康凝视着她，心中的痛楚像潮水一样汹涌，充塞在四肢百骸里。他不知道要怎样来表达心中的怜惜和悔恨，更不知道怎样才能安慰她，才能治好她心灵和肉体双重的创伤。他俯下身子，把嘴唇贴在她的额头上，就这样熨帖着她，好久都没有动。然后，他抬起头来，凄苦地、仔细地看着她，低声问：

"紫薇……你是不是在生我的气？我答应过你，要保护你，要当你的眼睛，当你的拐杖，可是，我居然放掉了你的手……我一直怪小燕子，其实，我应该怪的是我自己！就算问路，我也应该牵着你的手去问，不该把你交给小燕子……我让你在失明的无助和痛苦下，再饱受身心两方面的摧残……自从认识你以来，我为了你几度尝到'万箭穿心'的滋味，但是，都没有这一次这样强烈！我心痛自责到快要死掉了……紫薇，你还会原谅我吗？"

一直没有力气反应的紫薇，听了尔康这番话，再也忍不住，泪珠滑下了眼角。

尔康用手指抹掉了那泪珠，也痛楚得无力说话了。

这时，小燕子悄悄地推开房门，蹑手蹑脚地走了进来。她手里捧着一盆干净的水和帕子，匆匆地放在桌上，就悄悄地退出门去。

这小小的声音，仍然让紫薇惊动了，她侧耳倾听着。

房门又悄悄地推开，小燕子再度蹑手蹑脚地走进来，把医药箱放在桌上，药膏药瓶通通放上桌。然后，她红着眼眶，飞快地扫了紫薇和尔康一眼，再退出门去。

紫薇吸了口气，精神和心力都在慢慢地恢复。她紧握了尔康一下，终于开口了：

"尔康……"

"是！"尔康一振，慌忙应着。

"给我喝一口水！"

"是！"

尔康放开紫薇，奔到桌前，倒了一杯茶过来，扶着紫薇，看着她喝下去。

紫薇喝了水，似乎好多了，依偎在尔康怀里，振作了一下自己，轻声地说：

"还好，我没有失身，我还是你的紫薇，干干净净的紫薇……我好怕我会保不住自己，好怕好怕……"

尔康一听，更是心疼得一塌糊涂：

"我把你陷进这种地方，让你受到这种屈辱，我真的……太难过了……"

紫薇再振作一下，就用手摸索着尔康的脸，怜惜而深情地说：

"我……没事了！你不要自责、不要痛苦了！今天发生的事，完全是个意外，我们每一个人，你、我、小燕子……都没有准备好如何适应有个盲人的生活。我们大家都在'摸索'，所以，才会有状况发生！我承认，我吓坏了！但是，现在，我又回到你的身边，感觉到你握着我的手，听到萧剑在吹箫，感觉到小燕子跑出跑进，知道我们又在一起了……我好幸福！有你们大家这样爱着我，每次，都在我最危险的时候，把我救出来……我感动都来不及，怎么会怪你呢？"

尔康听到紫薇这样一篇话，太激动了，悲喜交集：

"你说了这么多好话！而且说得这么好，这么体贴，这么有条理！你怎么不骂我怪我，责备我呢？我挨了骂，可能会舒服一点！你非但不骂我，你还安慰我！你……实在太好太好了！”

这时，小燕子又轻轻地推开门，捧了一个托盘进来，里面放着热腾腾的饭菜，她把托盘放在桌上，祈谅地双手合十，对尔康拜了拜，指指饭菜，就转身向外走。

紫薇听着声音，忍不住喊：

“小燕子？小燕子……是不是你？怎么都不理我呢？”

小燕子站住了，回头看紫薇，眼泪汪汪，怯怯地、小小声地回答：“是我……我给你送一点吃的东西来，你知道我不会烧菜，好难吃，你马马虎虎吃一点……我不吵你了……我走了……”说着，一面擦眼泪，一面往外走。

“小燕子！”紫薇喊，“你要去哪里？我需要你帮忙呀！”

小燕子一听，受宠若惊，喜出望外，乒乒乓乓地冲了过来，眼睛闪亮地喊着：

“是吗？是吗？紫薇，你要我帮忙？我没有听错吗……”

“怎么会听错呢？”紫薇说，“我看不见，你不帮我，我怎么办呢？”

小燕子站在紫薇的床前，目不转睛看着她，不相信地说：

“紫薇……你还认我？你还把我当姐姐？你还要我帮忙？”

“什么‘认不认你’？”紫薇惊愕地说，“怎么分开一下子，你说的话我都听不懂！”

“我不配当你的姐姐呀！尔康把你交给我，就那么一点点时间，我居然让你被坏人抢走……我看到那个围棋，就把什么都忘了！我太坏了，坏得莫名其妙、坏得岂有此理、坏得乱七八糟，坏得不得了！你打我吧！”小燕子说着，就抓着紫薇的手，噼里啪啦地打着自己，“如果你不要认我这个姐姐了，你就坦白告诉我……尔康说，以后我们大家分手，各走各的路……可是，我……我……我舍不得你们呀！”

紫薇抽回了自己的手，不肯打小燕子，惊喊：

“尔康！你为什么要这样说？为什么要吓小燕子？我们大家，不是一家人吗？不是有福同享，有难同当吗？”

尔康看着这样的紫薇，心里充满了感动，深深地叹了一口气，低声说：“你不见了，我就语无伦次了！好……”他抬头看着小燕子：“我收回那些话！不再怪你了，不再气你了！”

小燕子听到尔康这样说，好感动，好感激，哇的一声，又哭了。

紫薇就伸手紧紧地握住了小燕子的手，喊道：

“傻瓜！我已经看不见了，如果你再跟我分手，谁来帮助我呢？谁来照顾我呢？我离不开你们每一个人啊！何况，拜把子是拜假的吗？玉皇大帝和阎王老爷都看着我们呢！小燕子，不要再说傻话了，我们一起上过断头台，一起坐过监牢，一起干下许多轰轰烈烈的事，一起逃出‘回忆城’……世界上哪儿再找得到比我们更密切的姐妹呢？我们这种情谊，是没有任何力量可以分裂和拆散的！你永远是我的姐姐！你赖都赖不掉了！”

“紫薇！”

小燕子喊着，伸手一抱，两个姑娘就紧拥在一起。

旁观的尔康，喉咙口哽着，眼睛湿漉漉。

半晌，紫薇推开了小燕子，哑哑地说：

"小燕子！赶快帮我找一身干净的衣服……我只要一想到我在那个妓院里待了大半天，我就浑身发毛！我要好好地洗一个澡，才有心情吃东西！尔康，你把我弄丢了……罚你去给我烧洗澡水！"

尔康看到紫薇又活过来了，被她鼓舞着，感动地、有力地应道：

"是！"

"哪里还轮得到尔康去烧洗澡水，永琪和箫剑已经烧了几大桶！"小燕子嚷着，"尔康，你只要去提进来就是了！"

"是！"尔康再应着，这才含笑带泪地出去提水。

"小燕子！你也要罚……"紫薇再说，"罚你帮我洗澡！"

小燕子笑了，屈了屈膝，一甩帕子，大声应着：

"喳！奴婢遵命！"

第十一章

这天，阳光灿烂地照射着。

在四合院的院子里，小燕子忙忙碌碌地摆了一个香案，插上香，摆上水果。紫薇神清气爽地坐在一张椅子里，尔康坐在她身边。永琪、萧剑都好奇地看着小燕子，不知道她要做什么。

小燕子摆好香案，就虔诚地在香案前一跪，双手合十，对着天空说：

"天上的各路神仙！玉皇大帝、如来佛、王母娘娘、观音菩萨……你们听着，你们看着，我小燕子在这儿对天发誓，如果我下次再毛毛躁躁，耽误大家的事，害紫薇受伤，我就会被闪电劈死，被毒蛇咬死，被马车撞死，被敌人打死，被河水淹死，被绳子勒死，被蜜蜂蜇死，被尔康掐死……"

大家睁大眼睛看着她，见她说得一本正经，都不好去打断她。

尔康听到"被尔康掐死"这种话都出来了，就忍不住上前了，说：

"好了！不要发誓了，过去的事就让它过去，有句话说，'前事不忘后事之师'，有这样惨痛的经验，以后不要再犯就好了！"

"什么'前面石头后面狮子'？"小燕子抬头看着尔康，说，"这种绕口令我听不懂，但是，你是不是不生我的气了？"

尔康笑了，对于自己的坏脾气，也有一点歉意，诚挚地说：

"你这两天，表现这么好，自己下厨房，做东西给每一个人吃，照顾紫薇。大门不出，二门不迈！实在值得奖励，我看了，感动得不得了，不怪你了！不生气了！"

永琪就心疼地走过去，把小燕子搀了起来，说："好了好了！不要跪在这个硬邦邦的地上了！你的诚心诚意，大家都了解了。"说着，也抬头看着尔康："你的气消了吗？不和我们'各奔前程'了吗？大家讲和了吗？"

尔康的手，重重地搭在永琪的肩上，惭愧地说："一时情急说的话，你们不要放在心上了！我给大家道歉！"说对众人一抱拳："各位，包涵了！"

箫剑感动地一笑，说：

"我要去买一点好酒，管他什么状况，我想喝酒！庆祝我们大家又一次'劫后重生'！"

"你们知道我想干什么吗？"紫薇微笑地问。

大家全部热心地扑过去，七嘴八舌地追问：

“想干什么？想干什么？”

“我好想念我的琴，可惜没有把琴带来！”紫薇怀念地说，“那天听到萧剑吹箫，我就技痒起来，眼睛看不到了，弹琴大概不会受影响吧！”

尔康就积极地说：

“我去帮你买一把琴来！洛阳这么大，应该也有乐器店吧！”

“不要买了！”萧剑说，“我帮你做一个！你弹十五根弦的琴，还是二十一根弦的琴？”

“二十一根！”

“好！”萧剑一点头，“二十一根弦的琴！我帮你做，做乐器，我是学过的！你知道最好的琴弦应该用什么材料吗？”

“不知道！”

“应该用马尾的毛！”萧剑说，“但是，不能太粗的毛，也不能太细的毛，要马尾巴中间的，不粗不细的那几根！等我做好了，你一弹才知道其中的美妙！”

尔康惊看萧剑，忍不住问：

“萧剑！你到底是谁？”

萧剑眼光一闪，大笑说：

“这是一句什么话？我们朝夕相处，肝胆相照，还问我是谁？”

尔康深思地、研究地看着他：

“和你接触得越多，越觉得你深不可测！你交游满天下，机智过人，黑白两道，都有来往，东西南北，没有地方不熟悉！在北京，你有老欧，在洛阳，你有顾正！在其他地方，大概还有很多意外等着我们发现！再加上你的武功、你的箫、你的诗，你还会做乐器……你这种人物，怎么会埋没在江湖？"

"你把我说得太神了！什么'深不可测'？这四个字应该用在你们身上！我和你们交往以来，才知道什么是'友情'、什么是'真情'，什么是'爱情'，什么是'亲情'……这些，都是我一辈子没有接触过的！在你们这种'深不可测'的感情里，我觉得……我整天被你们感动来感动去、被你们影响同化，已经忘了自己是谁了！"萧剑说着，就大笑起来，"哈哈！我去找木材，给紫薇做琴！"

萧剑就扬长而去了。

小燕子一脸深思的表情，看看紫薇，转着眼珠。萧剑要给紫薇做琴，自己也应该尽点力吧！此时此刻，小燕子真恨不得为紫薇做牛做马，来赎回自己的罪孽。

于是，小燕子不声不响地去了马房，把一匹马从马房牵了出来。

走到后院的空地上，她站住了，拍拍马脖子，说：

"好了！好了！就站在这儿，别动！"

马站住了。小燕子就对着那匹马，一本正经地说道：

"马儿！你听好，我要跟你要一点东西！这点东西，对你没有什么用处，对紫薇可大大有用！紫薇对我那么好……我害她受了那么多苦，她都原谅我，还帮我骂尔康……这种妹妹，哪儿去找？所以，我现在要帮萧剑给她做一个琴！这个琴呢，需要你尾巴上的几根毛！所以，我要在你的尾巴上拔毛了！你跟我合作一点，不许踢我！听到没有？"

她对马儿说了一大篇话，就认为已经把马儿"搞定"了。于是，她走到马尾的方向，有点害怕，又拍拍马屁股说："马儿，我先给你'拍马屁'！我多拍两下，你千万千万不可以生气哟！"就唱歌似的，一面拍马屁，一面唱着："马儿好，马儿妙，马儿呱呱叫！给我几根毛，做个好宝宝……好了！我要拔毛了！"

小燕子就一掀马尾巴。

岂料，马儿一声长嘶，整匹马直立起来，四蹄飞踹。小燕子一根毛都没拔到，就被那匹马踹翻在地了。小燕子痛得龇牙咧嘴，躺在地上对马儿伸拳头。

"马儿！你实在不给面子！尾巴上几根毛，你也小气？你简直是那个那个……"转动眼珠，想了起来，"那个'一毛不拔'！现在，我才懂了，为什么小气鬼要说'一毛不拔'了！原来是这个原因！"

小燕子哼哼唧唧地爬了起来，揉着摔痛了的屁股，再歪着头研究那匹马。那匹马似乎也知道小燕子对它不怀好意，也瞅着她。一人一马，就这样你看我，我看你，对峙了好一阵子。然后，小燕子一甩头说：

"你喜欢被人骑，是不是？好，我先骑上马背再说！"

小燕子就反着身子跃上马背，脸对着马屁股。她坐稳了身子，发现马儿没有敌意，就把整个身子趴在马背上，再拍拍马屁股，说：

"好！我骑着你，你有'安全感'了吧？我是你的'主人'，不是你的'敌人'，懂了吧？好！我要拔毛了……"

小燕子就捞起了马尾巴，嘴里还念叨着：

"不能太粗，不能太细，要中间的那几根……"

这一下，那匹马儿大受惊吓，一声长嘶，拔腿就跑。小燕子大喊："马儿！马儿！不要跑啊……"她怕摔，紧抱着马屁股，趴在马背上。

马儿就带着一个倒骑着马的小燕子飞奔起来。小燕子觉得不妙了，大叫：

"救命！救命……不好了！救命啊……"

小燕子的喊声，惊动了萧剑，奔了过来，一见到这种状况，大惊，喊：

"小燕子！你这是在干什么？表演马术还是特技？小心……"

说时迟，那时快，小燕子已经从马背上摔了下来。萧剑冲上前去，急忙一接，小燕子落在萧剑怀里。

这时，永琪也听到了声音，冲了过来，正好看到小燕子躺在萧剑怀里。永琪顿时脸色一变。马儿还在奔跑，小燕子大喊：

"永琪！你赶快拦住那匹小气马！别让它跑了！我们只有这两匹马，还要它拉车呢！"

萧剑放下小燕子，惊魂未定，瞪着她问：

"你到底在做什么？为什么要倒着骑马？"

永琪拉住了那匹马，牵着马走过来，也纳闷儿极了，问：

"你好端端的，怎么惹了这匹马？"

"我跟你们说，这匹马太不够意思了！"小燕子气呼呼地喊，"我不过要拔它几根毛，它就对我又踢又踹，害我摔了一个大斤斗！我骑上去，它也不许我碰它的尾巴！"

永琪惊愕得张大了眼睛：

"拔它几根毛？你要拔它的毛？它怎么得罪你了？"

"不是得罪我了……是要帮紫薇做琴呀！不是要马尾巴上的毛吗？我跟它商量了好半天，它还是不肯给我！简直是'一毛不拔'！"

"小燕子，你会了一句成语！"永琪惊喜地说。

萧剑看着他们两人，笑着摇摇头，走进马房，拿了一把大剪刀出来。

"如果做琴的人，都像你这样去拔马尾，大概全体被马踢死了！哪有这么笨呢？"萧剑举起剪刀，说，"你看好了！拿一把大剪刀，乘这匹马儿不注意的时候，唰的一下子，剪下一撮毛来……"一边说，一边已经眼明手快地剪下一撮马尾来："剪下来了，再慢慢地挑！懂了吗？哪有人倒骑在马背上对着马屁股拔毛的？你没有被踢死，没有被摔死，算你命大！"

小燕子看得目瞪口呆，对萧剑佩服得五体投地：

"啊……原来这样简单啊？我真笨！笨死了！萧剑！你好伟大！你好聪明！你什么都会，你真了不起！"

萧剑深深地看着她，满脸的笑意。

永琪看着两人，突然落寞起来，觉得被什么东西刺痛了。

琴做好了。

这天，大家都坐在房间里，围绕着紫薇，听她弹琴。

紫薇的手指，熟练地滑过了琴弦。琴声叮叮咚咚，美妙地响着。紫薇惊喜地说：

"这马尾做的琴弦，真的不同凡响！"

"这弹琴的人，才真的不同凡响！"萧剑也惊喜地说。

尔康用手托着下巴，只是痴痴地看着紫薇。紫薇弹完前奏，就扣弦而歌，唱着：

梦里听到你的低诉，

要为我遮雨露风霜，

梦里听到你的呼唤，

要为我筑爱的官墙，

一句一句，一声一声

诉说着地老和天荒！

梦里看到你的眼光，

闪耀着无尽的期望，

梦里看到你的泪光，

凝聚着无尽的痴狂，

一丝一丝，一缕一缕

诉说着地久和天长！

天苍苍，地茫茫

你是我永恒的阳光！

山无棱，天地合

你是我永久的天堂！

尔康听着紫薇的歌，看着她的人，更是如醉如痴了。

紫薇弹完了琴，停止了唱歌，大家仍然陶醉感动在歌声里，都久久无言。紫薇一叹，说：

"虽然我的眼睛看不见了，但我还能弹琴、还能唱歌、还能感觉你们大家对我的好……生命，还是很美妙的！"

"紫薇！你弹得太好了，好听得不得了！"小燕子赞美着。

"有你卖命给我'拔马尾'，做了这么名贵的一张琴，我弹得得心应手！"紫薇笑着对大家说，"谢谢你们大家！"

正说着，外面传来敲门声。柳红的声音响了起来：

"有人在家吗？"

众人全部惊跳起来。永琪惊喊：

"是柳红！他们赶到了！"

紫薇就惊喜地站起身子，喜悦地喊：

"金琐！金琐……是不是金琐来了？"

尔康急忙上前，搀扶着紫薇。

小燕子早已把房门打开，只见柳红兴奋地奔进门来。

"哈！总算找到你们了！"柳红嚷着，"你们未免太小心了吧？记号留得那么少，害我找来找去找不到，跑了好多冤枉路，差点离开洛阳，继续往南边走了……"

小燕子不等柳红说完，就拉住她，嚷道：

"怎么只有你一个人？柳青和金琐在后面吗？"

柳红有一肚子的话要说，抬头看紫薇：

"紫薇，柳青有一句话要我带给你，我这人肚子里也藏不住话，我就直接说了！他说，他问你要了金琐！"

"他……什么？要了金琐？"紫薇愕然地问。

"是呀！"柳红欢声说，"金琐摔到悬崖下面，脚受伤了，柳青帮她接骨……"

"金琐的骨头怎样？接骨？难道骨头断了？"紫薇惊问。

"你不要着急，骨头没断，脱臼了！还好柳青会接骨，已经帮她接好了！不过，两人经过这样一场灾难，不知道怎么就情投意合了……我看他们那个样子，就像小燕子常说的话，是'快乐得像老鼠'……所以呢，因此呢，大概呢，一时之间，他们也追不上我们了！"

小燕子睁大眼睛，惊喊：

"哇！分别没有多少天，居然发生了这样的好事！金琐和柳青……他们真是慢半拍！认识了这么久，现在才对上眼！哎呀，太好了！紫薇，是不是太好了？"

紫薇喜出望外，抓着尔康的手，喊道：

"尔康！尔康……她找到了自我，也找到了幸福！你的坚持是对的！你一直有先见之明……她终于拥有属于她的'情有独钟'了！我太高兴了，太太高兴了！可见，老天对我们还是很好，是不是？"

尔康感动着，放下一个心事了，深切地凝视着紫薇：

"是！老天对我们都很好，除了对你……如果你的眼睛能够好起来，我想，我对我们所有的磨难、所有的遭遇，都再也不会有怨言了！"

柳红直到这时才发现紫薇有些不对劲，赶紧看着紫薇问：

"眼睛怎样了？紫薇，你的眼睛出了什么问题？"

"她的眼睛看不见了！"永琪难过地说。

"什么？看不见了？怎么会看不见了呢？有没有看大夫呢？"柳红急急地问。

"已经把洛阳的大夫都看完了！"小燕子小声地说。

柳红大震，不敢相信地瞪着紫薇。紫薇就嫣然一笑，欢声说道：

"看不见也有看不见的好处，现在，听觉比以前强多了！一片叶子落在地上的声音，我都听得到！你们叹气的声音，你们心里的惋惜，我都听得到！当你看不见的时候，你的感觉会特别敏锐，感觉到许多以前感觉不到的东西！我觉得很幸福，所以，你们不要为我伤感了！"

大家面面相觑，彼此互看，都为紫薇深深难过着，却没有人敢表示出来。

尔康就下决心地说：

"好了！柳红已经归队，金琐和柳青也有了下落，我想，我们不要再在洛阳耽搁了，这儿的大夫，都已经看过了！我们不如改道去均县，从均县去襄阳！萧剑，你在均县和襄阳有熟人吗？"

"虽然没有，可以随时建立！人与人之间，都是从陌生变成知己的，就像我们大家一样！好吧！我们马上动身！去均县！"

马车在山谷中行行重行行。

萧剑和永琪坐在驾驶座，驾着马车。马车在崎岖的山路上走了一大段，忽然，前面豁然开朗，来到一个山谷，只见一条溪流，蜿蜒而过。流水玲玦，鸟声啁啾。水边，巨石嵯峨，山明水秀，风景如画。萧剑一拉马缰，马车停了：

"走了大半天，连一个农家都没看见！这儿有水，我们休息休息！"

小燕子和柳红跳下车。尔康搀着紫薇也下了车。

小燕子看到有水，就和柳红拿了水壶去盛水。

"哇！好清的水，不知道有没有鱼？我们来钓鱼好不好？"小燕子嚷着，就扬着声音问，"萧剑，你会不会做钓竿？我们来比赛钓鱼！"

"这个时候，你还有心情钓鱼？"永琪问。

"为什么没有心情？我们不要把自己当成在'逃难'，我们要把自己当成在'游山玩水'！不管多苦，还是要开开心心才好！"小燕子说。

尔康扶着紫薇，小心翼翼地走着。

"来！走这边！我扶着你，小心，地上不平，有好多石头！"

尔康把紫薇扶到一块大石头上坐下。

小燕子看着水，忽然惊喊起来："紫薇！紫薇！水里真的有鱼耶！你看，你赶快来看！它们好自在啊！"就比手画脚地说道："鱼儿在水里溜来溜去，溜来溜去……"她忽然想到紫薇看不见，声音就低了下去："对不起……紫薇，我忘了你看不见……"

紫薇却若无其事地晒着太阳，笑着问：

"小燕子，这个'溜来溜去'的'溜'字怎么写？你知不知道？”

小燕子转动着眼珠，存心要让紫薇开心，就欢声地接口：

“‘溜’字？当然知道了！在水里面来来去去就叫作‘溜’，所以，‘溜’字，就是水字边再加一个‘去’字！”

果然，紫薇扑哧一声，笑了。柳红就去打小燕子，嚷着：

“你别气死人了，这个水字边一个去字，念作‘法’！和尚作‘法事’的‘法’！‘犯法’的‘法’！连我都知道！你居然有本事念成‘溜’，不佩服你都不成！”

“这中国的文字，太怪了！明明是‘溜’字，它要念作‘法’，不是太怪了吗？不是我不会念，是造字的人，脑筋有问题！”

尔康看到紫薇笑了，心里激荡着感动，就凑着紫薇的兴致，说道：

“小燕子！我说一个笑话给你听！以前有个秀才，和你一样聪明，也把这个‘法’字念成‘溜’字！后来碰到一个和尚，那个和尚偏偏认得这个‘法’字，两个人就吵了起来！一吵，就吵到县太爷那儿，谁知道，这个县太爷也和你一样聪明，不认得几个字，心想当然是秀才对。就判定这个字念‘溜’！和尚不服气，在公堂上大吵大闹，咬定这个字念成‘法’！县太爷一生气，就叫人打和尚五十大板。和尚一面挨打，一面高声念：‘自从十五入溜门，一入溜门不二心，今天来到溜堂上，王溜条条不容情！’县官别的也听不懂，最后一句听懂了，生气地喊：‘王法条条，怎么念成王溜条条？’和尚哭着说：‘大老爷要溜，小的只好溜！’”

尔康的笑话说完，众人就哄堂大笑起来。

箫剑好感动地看着大家，就坐在水边石头上，吹起箫来。

大家苦中作乐，气氛好极了。

忽然，马儿一声长嘶，紫薇整个人惊跳起来，惊慌地大喊：

"追兵来了！追兵来了……"

尔康赶紧抓住紫薇的手，说：

"不要怕！不是追兵，只是马儿……"

尔康话没说完，蓦然之间，四周岩石后，十几个黑衣人飞扑而至，个个手持武器，直扑六人。箫剑大喊：

"保护小燕子和紫薇要紧！"

箫剑就拔剑在手，和那些黑衣人打了起来。柳红、永琪立刻跃起身子，和敌人奋战。小燕子大喊：

"又来了！以为我们好欺负！你们人多，是不是？左来一次，右来一次？来！打就打！只要不用渔网，谁怕谁？我跟你们拼了……"

小燕子就一头飞撞过去，对方立刻举刀相对，小燕子的头，就对着刀锋冲去。永琪和箫剑大惊，双双没命地扑过去抢救小燕子。大家就大打起来。

尔康拔出腰间的鞭子，保护着紫薇，鞭子舞得密不透风，不让任何人接近紫薇，嘴里不断喊着：

"紫薇！你不要怕，有我保护你，你就坐在那儿，千万不要动！"

紫薇拼命向四周看来看去，奈何什么都看不到，只听到四周刀锋划空，武器相撞，乒乒乓乓，呼呼作响……吓得魂飞魄散，动也不敢动。

这次的黑衣人，和上次完全不同，个个带着武器，下手狠毒。有几个黑衣人，就专攻尔康，招招进逼，尔康顾此失彼，其中一个，长剑一剑劈向紫薇头顶，下手之狠，明显要夺去紫薇性命。尔康大惊，及时一鞭挥去，卷飞了长剑。尔康伸手抱住紫薇，想跳出战场，黑衣人一剑攻来，哧的一声，在尔康手腕上留下一道血痕。另一个黑衣人，就挥剑对着他头上砍下。

尔康抱着紫薇，就地一滚，躲开了那一剑，孰料另一个黑衣人持剑直刺下来。

萧剑及时赶到，一剑挑开了敌人的长剑。紫薇听着声音，胆战心惊：

"尔康！你受伤了？是不是？放下我，不要管我了！"

尔康抱着紫薇闪开，大叫：

"来人是谁的部下？为什么要下杀手？你们难道不知道我们的身份吗……"

尔康话没说完，对方又一剑刺来。尔康没有时间再说话，只能全力应战。

小燕子、永琪、柳红、萧剑也和敌人打得难解难分。敌人一剑，直奔永琪面门，永琪一躲，后面又一剑刺来。永琪直跳起身，才落地，又一剑刺来，招招都要置永琪于死地。永琪急了，一面奋战，一面大喊：

"来人是谁？报出名来！对我，也敢下杀手？"

迎面的一个黑衣人，正是皇后的杀手巴朗，用黑巾蒙着口鼻，阴恻恻地说：

"我们奉旨，格杀勿论，取你们的首级去复命！无论是谁，一概杀无赦！"

"奉旨？杀无赦？"永琪大受刺激，猛然一剑刺向敌人，锐不可当。

永琪在这边奋力抵抗巴朗，尔康那边已经情况危急。主要是因为他要保护紫薇，难免捉襟见肘，顾此失彼。何况来人众多，个个武功高强。他刚刚抱着紫薇闪开一鞭，忽然看到一把长剑，直刺向紫薇。他大惊失色，急促中，只能用身子一挡，那把剑就噗的一声刺进他的肩头，他踉跄后退，紫薇跌落在地。

紫薇看不到，听着声音，心魂俱裂，大喊道：

"尔康！不要打了，我们投降吧！我们跟他们回去吧！"

紫薇话没说完，敌人舞着一个大铁锤，直打紫薇的面门。尔康带着伤，拼命护着紫薇，空手就去抓那个铁锤，一把把铁锤抢下。

箫剑一面打，一面回头看了一眼，大喊道：

"尔康！你不能再顾念他们是皇室的部下了！来人个个狠毒，要取你们的性命！你还在那儿束手束脚，手下留情，那怎么行呢？"

尔康被提醒了，知道这已经是生死关头，再不拼命，会被赶尽杀绝，心里一痛，怒吼一声：

"皇上既然要格杀勿论，对我们杀无赦！我福尔康再也顾不得君臣之义了！”

说着，他就飞舞着铁锤，滴水不漏地攻向敌人，瞬息间，打倒了两三个。他红了眼，再一阵猛攻，敌人竟被纷纷打退。但是，他这样一用力，肩上的血，就点点滴滴洒落在地。

这一边，永琪护着小燕子，也打得非常狼狈。巴朗招招下狠手，打着打着，唰的一声，永琪手腕上挨了一剑。永琪的剑落地，巴朗就一剑直刺永琪心口。小燕子惊喊：

“永琪！小心！”

小燕子就飞扑过来，空手去抓那把剑。

永琪看到小燕子这样拼命维护自己，大震，狂喊：

“小燕子……”

危急中，箫剑飞扑过来，撞开了小燕子，挥剑对敌人刺去，把那人刺倒在地。

这一下，箫剑怒发如狂了，大喊：

“我箫剑曾经对师父发誓，绝不伤人性命，今天，要违背誓言了！”

箫剑喊完，就像闪电般，持剑迅速地刺向敌人，转瞬间，一片“哎哟”之声，敌人倒了一地。巴朗眼看不敌，一声呼啸，其余的敌人就跟着飞窜而去。

小燕子拔脚就追，大喊：

“你们这些王八蛋！要逃到哪里去？”

“小燕子！不要追，我们这儿伤兵累累！”柳红急喊。

紫薇跌在地上，魂飞魄散地喊着：

“尔康！尔康……你在哪里？”

尔康用手握着露在肩头外面的剑柄，用力拔出了那把剑，伤口顿时血流如注。他跪落在紫薇身边，扶起紫薇。手臂上的血，滴滴答答落下。

"我在这里，你有没有受伤？有没有？"

"我没有！你呢？你呢？"紫薇喊着，伸手去摸尔康，摸到一手的血，立即尖叫失声，"尔康……"

尔康咬牙说道：

"紫薇，没想到你那个皇阿玛，对我们这样心狠手辣！我一招招留情，他们一招招都是杀手……你别急，我没有关系，一点小伤，不碍事……"

"什么小伤？"紫薇惊喊，"不要骗我了！你在流血，我的天啊！你伤在哪里？在哪里？"她又急又痛，一跪落地，仰首向天，凄厉地狂喊着："老天！让我看见！让我看见……我要看到他，我要照顾他呀……老天啊！让我看见吧！"

尔康脸色惨白，已经摇摇晃晃，听到紫薇这样一喊，就挺直身子，坚强地说："紫薇！不要怕，流一点血，要不了我的命！我还要保护你呢！我不能倒下，也不会倒下！"说着，就一个踉跄。

这时，萧剑、小燕子、永琪、柳红都跑了过来，萧剑一把扶住了尔康。

"尔康！你怎么流了这么多血……"小燕子惊喊出声。

紫薇一晃，就要晕倒。柳红急忙扶住紫薇，嚷着：

"赶快上车！萧剑，你驾车！我和小燕子来帮他们止血！"

萧剑看了看尔康的伤势，当机立断地说：

　　"我们不能去均县了！敌人已经掌握了我们的路线，往均县走会自投罗网！他们两个需要大夫，我们回洛阳！回四合院去！大家赶快上车！"

　　大家就匆匆上车。箫剑一拉马缰，马车飞驰。

　　车里，柳红撕开一件衣服做成绷带，喊道：

　　"小燕子！你扶着尔康的手，我要给他止血！"

　　小燕子扶起尔康的左手臂，柳红撕开他的衣服，检查了一下伤口，看到伤口那么深，心里实在担忧，看看已经急得面无人色的紫薇，不敢表示什么，只得先用止血散撒在伤口上，再给他包扎起来。

　　"还好是左手，但是流血这么多，一定伤到大血管！尔康，你躺下来吧！"

　　紫薇紧张地听着，害怕着，心慌意乱。尔康始终用没有受伤的右手握住她的手。紫薇小小声地问：

　　"还有没有流血？还有没有？你躺下来，躺在我身上！"

　　"没有了，血已经止住了！我还是坐在这儿比较好！"尔康说，拼命撑着，不让自己倒下去。

　　"永琪！轮到你了！"小燕子拿着药和绷带喊。

　　"永琪，你也受伤了吗？伤在哪儿？"紫薇更慌了。

　　"我没事！只是手腕划破了，一点点伤！"永琪赶紧说。

　　柳红再给永琪上药，绑住伤口，还好，永琪的伤口不深，流血也不多。永琪倒不担心自己，非常担心尔康，急促地说：

　　"小燕子！车上有紫金活血丹，有白玉止痛散，你赶快找出来，我们先吃了再说！"

　　小燕子找出了药，拿着水壶，柳红忙着给两人吃了药。

　　紫薇坐在尔康身边，紧紧地握着他的右手，哀声地说：

　　"尔康，我认输了！我们回去吧！我的眼睛看不见，你和永琪都受伤了，再下去，会碰到什么事，我们都不能预料！那个大理，虽然很美，但是，离我们越来越远了。我好怕……我失去勇气……我觉得，我们已经被逼到最后关头，走投无路了！"

　　尔康忍着痛，撑着自己，大声地说："怎么能认输？我不认输！我不投降！我很好，好得不得了！你看不见，才以为我伤得很重，其实，只是一条小口子！一点都不痛！哈哈，没想到，我福尔康今天的敌人，是皇上！我真正的伤口，不在手臂上，在心里！"说着，痛定思痛，就放开紫薇，用右手狠狠地打着胸口："在这儿，皇上捅了我一刀，在这里！"

　　柳红急忙拉住他：

　　"你不要再乱打乱动了，好不好？"

　　永琪听到尔康这样说，心里的痛楚，就排山倒海一样地涌来。他的伤痛，更胜尔康。怎么会料到，有朝一日，自己的父亲，会派了杀手来杀掉自己？他激动地说：

　　"皇阿玛不只捅了你一刀，他也捅了我一刀，岂止一刀，捅了好多好多刀！在我的生命里，他不只是一个父亲，他也是一个神！过去的许多年，我跟在他身边，天天保护着他的安全，为了他，可以拼命！今天，他却要我们每一个人的命！"

　　小燕子见尔康和永琪都受伤，紫薇的眼睛又瞎了，大家流血的流血，伤心的伤心，她再怎么乐天，这时都化为伤痛，越看越难过，悲从中来，她就扑到车窗口，对着窗外放声大叫：

"皇阿玛！你真的要把我们通通杀了，你才满意吗？请你看看我们，看看我们，伤的伤、瞎的瞎……你还要做到什么地步，你才满意呢？"

其实，在深宫中的乾隆，一点也不知道永琪他们的惨状。当尔康和永琪双双受伤的时候，乾隆正在延禧宫里，思念着这些离家的孩子。

这天，和令妃逗弄了一会儿小阿哥，乾隆就心神落寞起来。奶娘抱走了孩子，乾隆站在窗前，对外面的天空遥望着，久久无言。令妃察言观色，就走到乾隆身后，坦白地问道：

"最近，有他们几个的消息吗？上次，说是他们之中，有人掉悬崖，有人摔马车，到底是谁？证实了吗？"

"没有！这些天，一点消息都没有！"

"没有消息，也是好消息吧！最起码，他们应该是安全的！是不是？"

乾隆担忧地看看窗外，摇了摇头。忽然回头看令妃，激动地说道：

"朕就是想不通，他们几个，跟在朕身边这么久，对于朕，还有什么不了解？明知道朕是'雷声大雨点小'的个性！当时脾气火暴，过后就忘了！多少次他们闯祸，包括劫狱在内，朕不是都原谅了？现在，香妃的事情已经过去了，朕已经昭告天下，香妃去世了！他们应该了解朕不会再要他们的脑袋了！只要他们几个自动回来请罪，在朕面前好好地磕个头，认个错，保证下不为例，朕也就算了！为什么他们就是不回来？紫薇是不是朕的亲生女儿，朕也不在乎了！小燕子是谁的女儿，朕也弄不清楚，还不是当自己女儿一样疼吗？这样待她们，她们居然忘恩负义到这个程度，实在太没良心了！"

令妃完全没料到乾隆有这样一篇话，兴奋得眼睛都亮了。

"皇上！您原谅他们了？"

"香妃的事，只要朕想起来，还是恨得牙痒痒！"乾隆终于坦白地说了，"可是，他们几个……确实牵动着朕的心！朕再怎么恨他们，却不能不想念他们！人，都有弱点，他们几个，是朕的弱点！"

"那不是弱点，那是皇上最珍贵的地方！"令妃感动地说，就鼓起勇气问道，"臣妾一直有个问题压在心里，想问皇上！不知道能不能问？"

"你问！"

"皇上那天下令把两位格格'斩首示众'，我们跪了一地，请求皇上刀下留人，皇上仍然说'杀无赦'！当时，是不是完全没有转圜了？如果尔康他们不劫走紫薇和小燕子，她们是不是死定了？"

乾隆默然片刻，终于一叹：

"那天，我确实气大了，确实恨不得杀了她们……尤其当我听到狱卒说'说不定尔康也变成蝴蝶飞走了'那句话！对朕而言，真是难堪！但是，她们还没有到法场，这是斩格格呀！就算到了法场，就算刽子手拿起斧头的时候，照例还要等朕最后的命令呢！何况，那天，朕心里知道，傅恒已经在法场等候，如果朕的'刀下留人'命令不到，傅恒也会用他的金牌令箭救下她们两个的！"

令妃眼睛更亮了：

"这么说，紫薇和小燕子，到了最后关头，皇上还是会刀下留人的！"

乾隆又默然不语了。令妃不禁悲喜交集，喊着：

"皇上啊！他们几个，一点也不知道皇上是这种心态啊！他们并不是'离家出走'，他们在'逃命'啊！你怎能希望他们冒着生命的危险，来自投罗网呢？就算他们想念皇上，后悔自己的错，他们也不敢再回来啊！"

令妃说中了要点，乾隆望着天空，更加出神了。

第
十
二
章

永琪和尔康等人，又折回了洛阳，回到四合院。

这天晚上，大夫诊治过了尔康和永琪，伤口都妥善地上药包扎了。永琪的伤口不深，大夫说是不碍事，大家安心不少。但是，尔康失血很多，伤口也很深。大夫再三叮嘱，一定要好好休息治疗。否则，整只手臂都会作废。大家听了，真是忧心忡忡。尤其紫薇，恨不得以身相代。虽然她的眼睛看不见，她坚持守在尔康床前，衣不解带。

入夜之后，尔康就开始发烧了，脸色苍白地躺在床上，神志也不清楚了。大家都守着他，不断用冷帕子压在他的额上。紫薇站在床边，因为看不见，只能摸索着给他换帕子，又是着急，又是心痛，又是无奈。

尔康昏昏沉沉，嘴里喃喃地呓语着，每一句呓语，都是紫薇：

"紫薇……不要走那边，那边有悬崖……我搀着你……紫薇！紫薇……哎呀……不好……"

尔康大喊着，从床上惊跳起来，大家急忙按住他的身子。紫薇恐惧地说：

"他烧得神志不清了……他会不会死？"

"别说傻话了！紫薇，你去休息！"萧剑说。

"那怎么可能？他伤成这样，就是用一百匹马来拉我，也没办法把我从他身边拉开！不管我看得见，还是看不见，我都要守着他！"紫薇坚持地说。

柳红拿了一个托盘，里面放着饭菜，放在桌上，着急地说道：

"紫薇！你吃一点东西，我们来照顾他！"

"我吃不下！"

柳红把她拉到桌前来，按进椅子里。

"你吃不下也得吃！现在已经三更了，你一直不吃，会把自己累病的！眼睛没好，脑袋上的伤也不知道好了没有？还不爱护自己，大家都倒下的话，怎么办？"

小燕子也急急安慰紫薇：

"紫薇，你不要急，大夫不是说了，尔康发烧是正常现象吗？身上有个大伤口，一定会发烧！我们大家都在照顾他，你把自己放轻松一点，赶快吃东西，嗯？"

紫薇这才勉强地吃着东西。因为看不见，碗盘碰得叮叮当当响。

尔康在枕上不安地蠕动，喃喃呓语着，忽然又大喊：

"紫薇……紫薇……你在哪里？"

　　紫薇听到尔康一喊，就像弹簧般跳了起来，本能地往床前奔去，眼睛看不到，就撞翻了桌子，杯杯盘盘，全部落地打碎了。她脚下一绊，跌倒在地。大家急忙扑过来，搀扶紫薇的搀扶紫薇、收拾碎片的收拾碎片。永琪着急地说：

　　"紫薇，你会把我们大家弄得更乱……你也是病人，病人就不要照顾病人了！让我们来吧！"

　　"永琪，你会说紫薇，你呢？手腕上也有伤，大夫说，也要好好休息，你怎么还不睡？"柳红说。

　　小燕子就心痛地嚷：

　　"就是！就是！永琪，你赶快去睡吧！我们这儿人够多了！"

　　"唉！我怎么睡得着呢？"永琪看着昏昏沉沉的尔康，叹气说。

　　紫薇充满了挫败感、无力感，摸摸索索地来到尔康床前。

　　尔康在迷迷糊糊中挣扎，喊着：

　　"皇上……皇上！请饶了紫薇和小燕子！请不要……请不要赶尽杀绝……她们……她们……"

　　听到他在病中，心心念念，还是自己和小燕子，还是皇上，紫薇心里的痛，简直无法形容。她摸索着，握住他没有受伤的手，心碎而无助地低喊：

　　"尔康！我真是无助极了！我看不见，不知道能为你做什么。我答应过你，要做一个'快乐的瞎子'，可是，你病成这样，我却束手无策……我知道你身上有个大伤口，心里也有个大伤口，我多想用我的心、我的手、我的眼睛来帮助你，可是，我看不见！我连自己都照顾不好，怎样再来照顾你？我好绝望！这种绝望，把我快要撕成一片一片了！尔康，告诉我，一个破碎的我，怎样来帮助一个破碎的你？"

紫薇这篇惨痛的话，弄得每个人都眼泪汪汪了。

萧剑看看紫薇和尔康，就把紫薇的琴拿了过来，放在桌上，再拉了一张椅子，让她坐下，把她的双手，放在琴弦上。

"弹琴吧、唱歌吧！弹他最爱听的歌、唱他最喜欢的歌！"

紫薇神情一振，顺从地说：

"是！"

紫薇就安静下来，扣弦而歌：

梦里听到你的低诉，

要为我遮雨露风霜，

梦里听到你的呼唤，

要为我筑爱的宫墙，

一句一句，一声一声

诉说着地老和天荒！

梦里看到你的眼光，

闪耀着无尽的期望，

梦里看到你的泪光，

凝聚着无尽的痴狂，

一丝一丝，一缕一缕

诉说着地久和天长！

天苍苍，地茫茫

你是我永恒的阳光！

山无棱，天地合

你是我永久的天堂！

　　紫薇唱着，唱完一遍，就再唱一遍。她一句一句、一声一声地唱着。她唱得痴了，满屋子的人听得也痴了。尔康在这样的歌声中逐渐平静了，不再呓语。

　　慢慢地，天亮了。日出染白了窗子，紫薇已经不知不觉地，唱了一整夜。

　　室内，小燕子、箫剑、永琪、柳红有的坐在椅子里，有的趴在桌子上，累得东倒西歪睡着了。

　　尔康在做梦，梦到自己在烈火中被烧烤，像是苏苏一样。火舌卷着他，吞噬着他。但是，火焰的彼端，紫薇像个仙子，盈盈而立，唱着歌，手里像是纺纱抽丝一样，把那些火焰全部收走。火焰消失了，烧烤停止了。他勉强地睁开眼睛，看到紫薇弹琴的手，看到紫薇唱歌的唇，看到紫薇痴痴的眼神。他的紫薇，他那完美无瑕的紫薇，正在一句一句地唱着："山无棱，天地合，你是我永久的天堂！"他深深地、深深地、深深地凝视着她，看得痴了。

　　紫薇一面唱着，一面"看向"尔康，眼光和尔康的"接触"了。

　　尔康痴痴地看着她，紫薇也痴痴地"看着"他。尔康嚅动着嘴唇，无声地说：

　　"紫薇，你的眼睛好美！"

紫薇一个悸动，停止了唱歌，放下了琴，"看着"尔康。

尔康想说话，喉咙里干干的，好渴！他无声地说：

"水！"

紫薇惊跳起来，惊喜地应着：

"你要喝水？来了！我就来！"

紫薇奔到桌边，从茶壶里倒了一杯水，端着茶杯，奔回到床前。

"我扶你，我扶你……"她说，就扶起了尔康，把杯子凑到他唇边。

尔康用没有受伤的右手努力地撑持着，让自己坐起身子，忘了喝水，他不敢相信地、呆呆地、屏息地看着紫薇。

这时，箫剑已醒，惊愕地看着，一动也不敢动。

紫薇着急地问：

"你怎么不喝？"

尔康的心急跳着，几乎从口腔里跳出来。他低低地、急促地回答："我喝！我喝！"就用没有受伤的手，颤抖地扶住杯子，一口喝干了水，盯着她，小心翼翼地说道："可不可以再给我一杯？"

"是！"紫薇又奔到桌边去倒水。

这样的声音，把小燕子、永琪、柳红都惊醒了，大家看到紫薇在倒水，个个惊愕得张大了眼睛。小燕子忍不住惊呼道：

"紫薇……"

箫剑急忙阻止小燕子：

"嘘！"

　　小燕子就用手堵着嘴巴，睁大了眼睛观看。永琪、柳红、箫剑也屏息看着。

　　紫薇倒了水，又捧到床边。

　　"来了！来了！"她扶起尔康，看看那包扎得密密的手臂，绷带上仍然沁出血迹，心疼得不得了，"你流了好多血！怎么办？怎么办？"

　　尔康凝视着她，目不转睛地说：

　　"哪儿有血？"

　　紫薇看着那染血的绷带：

　　"还说没有……绷带都染红了……"

　　尔康确定了，心中狂喜，再也顾不得自己的伤口了，把紫薇一拥入怀，大喊：

　　"天啊！紫薇……我会高兴得发疯！"

　　尔康这一动，紫薇手里的杯子碰落到地上，水也翻了。她着急地喊：

　　"你不要动呀！会碰到伤口呀！等会儿又流血了……"

　　尔康热烈地、含泪地喊：

　　"如果我的血，可以换回你的眼睛，我流再多的血，也在所不惜！"

　　紫薇这才呆住了，蓦然惊觉，自己又能够"看"了，这一惊真是非同小可。她张大了眼睛，不敢相信地瞪着尔康。尔康的脸、尔康的眼神、尔康的伤、尔康的人！天啊！她看到了，她又看到她心里的人了！她小小声地、颤抖地说：

　　"尔康……我看见了！我看到你了，我看到你的眼光，看到你的血，看到你的脸，看到你看我的眼神……我真的看到了！"

尔康狂喜地、感恩地闭了闭眼睛，虔诚地喊：

"感谢天！感谢地！感谢万能的上苍！感谢所有的神灵！"

紫薇再睁大眼睛，仔细地看尔康，陷进巨大的震撼中，不住口地说着："我看见了！我又能看了！尔康……"她贪婪地摸着他的脸："你好苍白，你好憔悴……"急忙推开他："我碰到了你的伤口！痛不痛？痛不痛？"

尔康含泪而笑。

"痛！好痛！真痛！可是，痛得好！让它痛！"说着，就用右手把紫薇抱得紧紧的，不肯松手，大声说，"若非一番痛彻骨，哪有紫薇扑鼻香！"

小燕子再也控制不住自己了，从椅子里直跳了起来，手中的帕子往空中一扔，满房间又跑又跳，放声大叫了：

"玉皇大帝！如来佛！王母娘娘！观世音……所有所有的神仙，小燕子给你们磕头了！紫薇看见了！紫薇看见了！万岁万岁万万岁！"

永琪走向紫薇和尔康，含泪带笑地说：

"尔康，紫薇，恭喜恭喜！我现在明白了，什么叫作'置之死地而后生'！"

小燕子弄不懂永琪的成语，欢声大叫：

"是！'蜘蛛死了还会生'！我们是打不倒、死不掉的蜘蛛！"

柳红脸上，已经爬满了泪，眼睛里，充满了笑。

　　箫剑站在一边，看着他们，脸上带着深深的震撼和感动。

　　几天后，尔康已经可以下床行动了。紫薇也完全复明了。就连来为大家诊治的大夫也惊奇不已，说：

　　"没想到进步这么快，烧也退了，伤口已经在愈合了，毕竟年轻，身体的底子好！但是，还是要小心，千万不要碰到伤口，也不要碰水，我开的药，还是要吃！至于这位姑娘的眼睛，真是奇迹呀！我不是眼科大夫，对眼睛知道不多，姑娘这种病例，我也没有遇到过！我想，姑娘是心地好、命大、有菩萨保佑吧！这种暂时性的失明，可能跟脑袋上的撞伤没有关系，而是在某种刺激下失明，又在某种刺激中恢复！总之，好了就是奇迹！恭喜恭喜！"

　　"那……不会再复发了，是不是？"尔康急切地问。

　　"说实话，我不知道！但是，我想……已经好了，就应该不会复发了！"

　　大夫出门去。众人好高兴，欢天喜地地送走大夫。

　　紫薇重获光明，实在喜出望外，忍不住站在小院里东看西看，喊着："好美的太阳啊，好美的小四合院啊，好美的小燕子啊，好美的柳红啊……"她看到院子里有几盆小花，看得目不转睛。

　　尔康走了过来，目不转睛地看着她。

　　"从来不知道花的颜色这么好看！"紫薇用手遮着眼睛，看了看天空，"天空多么漂亮！那种蓝，几乎是透明的！云也这么好看，流动着，像一条河，像一首诗！"

　　尔康看着她，看得发呆了，惊叹地说："最好看的，是你的眼神！这么亮，这么喜悦，这么充满了生命力……我实在太快乐了，连皇上对我们的冷酷，我都能置之度外了，因为你的眼睛里，又有了光彩！"说着，他就用没有受伤的右手把紫薇拉到面前来。

两人深深切切地互视着，好像几百年没有看到对方似的。紫薇就满眼发光地说：

"尔康！再能见到你，我已经等于再世为人了！"

尔康凝视着她：

"能够重新和你的眼光交会，我的幸福感实在太巨大了！老实告诉你，我早已习惯从人群中去找寻你的眼光。每次，和你的眼光接触，我都会心中一热，然后心跳加快……自从你看不见之后，我抓不住你的眼光，每次，看到你茫然的眼神，我的心跳就变成了心痛！这些日子，我的痛苦，绝对不比你少！"

"我知道，我都知道。我也要告诉你一个秘密。记得我们两个第一次见面吗？那是在小燕子和皇阿玛去祭天的游行上，我追着游行队伍跑，你出来拦阻我！那时，你的眼光盯着我，带着一种深刻的研究的神情，不知道为什么，你的眼光让我充满了希望，我心里仿佛已经知道，这个男人，会主宰我的生命！所以，我爬向你，抓住你的衣摆，求你帮助我！我想，人和人之间的相知相惜，除了语言，就靠眼神来传递！在我看不见你的这些日子里，我就一直回忆你的眼神，让这个回忆支撑着我！让我不倒下去！"

尔康深深地、深深地看着她，感动至深地问：

“真的吗？你都没有跟我说！从今以后，我的眼神会一直追着你，希望你不要被我看烦了！”

“还有一件事，一直让我好难过！”紫薇继续说，“记得在和皇阿玛出巡的时候，你有天发神经，对我说：‘你时时刻刻，给我一个眼光也好，让我知道你心中有我！’记得吗？我看不见的这段时间里，常常想起这句话，就心痛得不得了，因为，我再也不能给你那样的眼光了！”

尔康听得好心痛。

“你怎么都没跟我说？你怎么都不把你心里的痛苦告诉我？”他仔细地看她的眼睛，担心地说，“紫薇，不要再看了，把眼睛闭起来，休息一下！别让你的眼睛太累了！”

“我不！”紫薇热烈地喊，“我要给你那样的眼光，我要一直看着你，看着你！我好怕老天又会把我的视力收回去，我一定要看够！”

“紫薇！不会的，不会的！你好了，再也不会看不见了！”尔康说着，就忘形地把她一抱，碰到伤口，痛得直吸气，“哎哟！”

紫薇跳开身子，脸孔顿时吓得雪白：

“我碰痛你了！我碰痛你了……”

“就算为你废了这只手，我也心甘情愿！”尔康说。

“如果我的眼睛要用你的手来换，我宁愿瞎……”

尔康立即用左手去蒙住紫薇的嘴，但是，他忘了自己左手不能动，又再度碰痛了伤口，不禁痛楚吸气，但却不放开捂着她嘴巴的手。

紫薇睁大眼睛看着他，眼神里，是无尽无尽的爱。

这天晚上，小燕子太高兴了，居然做了好几道菜，要为大家庆祝。她把丰盛的菜肴一盘一盘端上桌，嘴里大喊大叫：

"吃饭了！吃饭了！各位兄弟姐妹，赶快来吃饭啊！是我和柳红做的菜，本人今天表演了好几招，你们大家有口福了！"

永琪、萧剑急忙走来帮忙，大家嘻嘻哈哈地把碗筷摆好。紫薇和尔康走了过来，尔康虽然憔悴，却神采飞扬。

"尔康，你就不用下床了！让紫薇把饭菜拿到卧室里去吃吧！"永琪说。

"我哪有那么娇弱？男子汉大丈夫，受点小伤算什么？"尔康坐了下来，"和大家一起共进晚餐是一种快乐，我怎么能错过呢？何况，还有小燕子亲手做的菜！"

"我声明，"柳红笑着说，"那个鱼香肉丝、红烧肉、炒茄子是小燕子的手艺，如果出了差错，我概不负责！其他是我做的！这锅鸡汤，也是小燕子特别为两个病人炖的！你们尝尝看，到底是我这个会宾楼的老板强，还是小燕子强？"

"哈！小燕子能够把菜烧熟就很不错了！这些日子，紫薇看不见，柳红没赶到，我们要不然就吃烧焦的饭菜，要不然就'食不知味'！真是辛苦极了！"萧剑说。

众人全体大笑。大家围着桌子坐好，萧剑就倒着酒：

"我要干一杯！自从开始逃难，我这个'酒'始终没有喝过瘾！"

"我也要喝！我也要！"小燕子喊。

箫剑给每个人倒酒。紫薇说：

"尔康身上有伤口，不能喝酒！"

"谁说的？我也要喝！"尔康看着紫薇，"为了你的复明，让我喝一口吧！"

"好！一小口！我也不敢多喝，也陪大家喝一小口！为了金琐和柳青、为了我的眼睛重见光明、为了我们大家的劫后重生，碰杯吧！"

大家举起酒杯，兴高采烈地碰杯，开始吃饭。永琪存心要讨好小燕子，问：

"小燕子！这锅'红烧肉'是你的杰作对不对？"

"是呀！我多加了一点料……"

永琪已经吃了一大口，顿时眼睛一瞪，赶快伸长脖子，一口就咽下去，咽完了，又伸舌头，又呼气，问：

"你加了什么料？"

"放了一点胡椒而已。"

永琪眼睛张得大大的，一本正经地看着大家，推荐地说：

"很特殊的红烧肉，各位如果错过了，会终身遗憾，不可不吃！"

于是，大家都夹了一筷子红烧肉，吃进嘴里。

顿时间，只见众人跳起来的跳起来，吐出去的吐出去，喝水的喝水，涨得脸红脖子粗的涨得脸红脖子粗，这个咳、那个呛……闹了个手忙脚乱。尔康叫着说："小燕子！我身上还有伤口，你不能这样害人……"说着，拼命咳。

"我的天！我的天……"紫薇眼睛瞪得好大，急忙拿了一杯水给尔康，"喝水！喝水！小燕子说的，人都要喝水，早上要喝水，下午要喝水，晚上要喝水……吃了小燕子的红烧肉，尤其要喝水……"

柳红拼命呸着：

"只有天才，才烧得出这种红烧肉！小燕子，你跟我们有仇呀……"

"怎么了？"小燕子瞪大眼睛问，"你们总不至于吃了我的红烧肉就集体中毒了吧？反应太过度了吧？"

萧剑涨红了脸，直着脖子，把红烧肉咽了下去，说道：

"这是我第一次吃到'酸辣红烧肉'！真是终生难忘！现在才知道，那几天，你让我们'食不知味'，是'手下留情'了！这'知味'的时候，才不同凡响，简直是'五味俱全'！"

小燕子纳闷地说："什么滋味不滋味的，听得我的头都晕了！怎么会'酸辣'呢？我不信，你们故意装模作样来和我开玩笑……"就也夹了一筷子红烧肉，放进嘴里，一嚼，立即吐出来，大叫："哇呀！不得了，我把醋当成酱油了！又放了好多辣椒！不得了！呸！呸！呸……"她满房间跳着、呸着，反应比任何人都凶。

大家全部笑得东倒西歪了。

好不容易，大家笑停了。柳红就收起笑容，正色说道：

"我要跟大家报告一件事，我们大家的盘缠，已经用得差不多了！大夫出诊要钱，六个人吃饭要钱，抓药要钱，住房子要钱……我们如果不想办法，就要饿肚子了！所以，我想，明天我和小燕子到闹市区去'赚钱'吧！"

"怎么赚？怎么赚？"永琪追问。

"老办法赚！我们去卖艺……"小燕子兴冲冲地说。

"像以前一样吗？"紫薇问。

"对！我们这么多人，又会这么多功夫，卖艺总可以吧！"

"可是，卖艺要大张旗鼓，我们正在躲躲藏藏，如果敲锣打鼓地公然卖艺，不是会暴露行踪吗？"尔康问。

"我可以去跟我的朋友借钱……"箫剑沉吟地说。

"不行！"尔康立刻抗议，"这一路还长得很，如果我们不能自力更生，都要靠你的朋友帮忙，那还了得？假若要借钱，不如去卖艺！"

小燕子就嚷道：

"不要顾忌这个、顾忌那个了！我们是那个'蜘蛛死了还会生'的人，不要怕！明天，箫剑保护尔康和紫薇，留在家里，我和柳红、永琪赚钱去！"

"那……我宁愿箫剑保护你们吧！我虽然伤了一只胳臂，还不至于成为废人，紫薇的眼睛又好了，我们不需要保护！"尔康说。

小燕子就一拍桌子，说：

"就这么说定了！等会儿，我们先排演一下，我和柳红扮成一对落难的姐妹，永琪和箫剑就混在观众堆里面，假装是好心的人，到时候，要做出一股同情的样子来，拼命捐钱，还鼓动大家捐钱！懂了没有？"

永琪一听，立刻面有难色：

"那……多难看！我们用别的法子吧……这似乎不怎么

光彩！"

"少爷，我们已经是那个什么山什么水了！你还要光彩？"
小燕子喊。

"山穷水尽，走投无路……这个台词，我来帮你写！"紫
薇说。

"我懂了！"箫剑一笑，看着小燕子，"这个玩意儿，我
从来没有玩过，但是……我舍命陪君子，一定全力配合！"

于是，第二天，紫薇和尔康留在四合院里养伤。其他的
人，全部去卖艺了。

小燕子和柳红，荆钗布裙，站在闹区的街角。小燕子拿
了一个大铜锣，乒乒乓乓地敲着。柳红拿了一把大刀，摆着
架势，站在小燕子身边。

路人看到这样出色的两个姑娘，就好奇地聚集过来。永
琪和箫剑混在群众之中，等着上场。小燕子看到人群已经聚
了很多，就停止敲锣，对众人朗声说道："各位洛阳的父老兄
弟姐妹大爷大娘们，我是小燕子，这位是我的姐姐小鸽子，
我们姐妹两个是河北人，要到四川去寻亲，经过贵宝地，不
料姐姐在路上生了一场大病，为了请大夫，把所有的盘缠都
用光了。我们姐妹两个，是那个什么天不应，什么地不灵的，
现在流落在洛阳，已经是那个那个……山也穷了，水也光了，
没地方住，没饭吃了……俗话说，在家靠父母，出门靠朋
友……我们姐妹两个还会一点拳脚功夫，在这儿给各位献丑
一段，请大家帮助一点旅费，各位的大恩大德，小燕子在这
儿先谢谢了！"就抱拳说道："谢谢！谢谢！"

萧剑站在人群里，听着小燕子煞有介事地念台词，带着笑意，觉得挺好玩。永琪到底是阿哥出身，哪里面对过这样的情形，觉得尴尬极了，手脚都不知道搁在哪儿好，想到等下还要假扮捐钱的人，来吆喝大家捐钱，就更加尴尬了。他悄悄地退到人群里，恨不得找个地洞躲起来。

小燕子说完，就拿起预先准备的一把大刀，和柳红比划起来。

两个姑娘刀来刀去，舞得密不透风，煞是好看。

观众看得过瘾，掌声雷动，纷纷叫好。

两人舞了一阵，就收住刀，对观众一抱拳。柳红拿了盘子，向围观群众收钱：

"请随便赏一点！谢谢！谢谢！"

群众看到盘子伸过来，零零落落地丢进几个铜板，有的人干脆退后，捐钱一点也不热络。小燕子连忙给萧剑和永琪使眼色，要他们上来捐钱。谁知，永琪退到更后面去了，萧剑也迟疑着，裹足不前。小燕子好急，心想，这两个男人怎么回事？该他们上场，一个也不动！于是，她猛看萧剑，萧剑被她的眼光看得不好意思了，用手抓抓头，终于上场了。本来，他应该饰演"慷慨解囊"的角色，但是，他嘴里低低地叽咕了一句：

"男子汉大丈夫，做些骗人的勾当，实在不够光明磊落！"

就脸色一正，临时改了台词，说："各位洛阳的朋友们，如果你们看这两位姑娘的表演不过瘾，我萧剑也来表演一段，希望大家慷慨解囊！"说着，对小燕子一抱拳："姑娘，在下有些话，实在说不出口，包涵了！"

小燕子一听，这个箫剑，不按排演的演出，显然临时怯场了，心里好生气，一刀砍向他，大骂：

"什么名堂嘛？还说'全力配合'？不要多说了！看刀！"

箫剑一惊，急忙跳开。小燕子又是一刀砍来，继续骂：

"男子汉大丈夫，脸皮比女人还薄！我砍你！"

小燕子说砍就砍，完全不是做戏，来势汹汹。

箫剑灵机一动，老花样又来了，故意慌慌张张地躲着那把刀，嘴里大叫着："刀剑没有长眼睛，不要开玩笑……"话没说完，就摔了一大跤。

观众也不知道是真的还是假的，看得津津有味，笑得前俯后仰。

小燕子再对箫剑砍去，箫剑狼狈地躲着那把刀，一连摔了好几跤。好几次，刀都几乎砍到箫剑身上，箫剑再以毫厘之差，危危险险地躲过。两人一个追、一个逃，一路乒乒乓乓、摔摔跌跌，又是滑稽突兀，又是惊险万状。

观众疯狂地鼓掌，柳红急忙端着盘子收钱，盘子里的钱不断涌进。

永琪看得目瞪口呆。

终于，箫剑跳出了战圈，小燕子看到收获颇丰，也就笑逐颜开了。然后，小燕子和箫剑并排一站，一起对观众抱拳施礼，齐声说：

"谢谢大家！谢谢！谢谢！"

两人站在那儿，有如玉树临风。

观众爆出如雷的掌声。

永琪躲在人群中，看得有些发愣了。听到身边的两个人在津津有味地议论着：

"好功夫，好漂亮！我打赌，他们是一对儿！"

"可不是！默契那么好！长得也真俊！真是郎才女貌……"

永琪听了，脸色一变，内心深处，被狠狠地撞击了。

第四册完，待续第五册《红尘作伴》

（京权）图字：01-2024-1709

图书在版编目（CIP）数据

还珠格格.第二部.4，浪迹天涯/琼瑶著.--北京：作家出版社，2024.10

（琼瑶作品大合集）

ISBN 978-7-5212-2819-9

Ⅰ.①还…　Ⅱ.①琼…　Ⅲ.①长篇小说-中国-当代　Ⅳ.①I247.5

中国国家版本馆 CIP 数据核字（2024）第 089062 号

还珠格格　第二部4　浪迹天涯

作　　者：琼　瑶
责任编辑：桑　桑　晓　寒
装帧设计：棱角视觉　纸方程·于文妍
出版发行：作家出版社有限公司
社　　址：北京农展馆南里 10 号　　　　邮　　编：100125
电话传真：86-10-65067186（发行中心）
　　　　　86-10-65004079（总编室）
E-mail: zuojia@zuojia.net.cn
http://www.zuojiachubanshe.com

字　　数：173 千
印　　张：8.375
版　　次：2024 年 10 月第 1 版
印　　次：2024 年 10 月第 1 次印刷
ISBN 978-7-5212-2819-9
定　　价：39.00 元

品　琼　瑶　经　典

忆　匆　匆　那　年

琼瑶作品大合集

1963 《窗外》

1964 《幸运草》

1964 《六个梦》

1964 《烟雨蒙蒙》

1964 《菟丝花》

1964 《几度夕阳红》

1965 《潮声》

1965 《船》

1966 《紫贝壳》

1966 《寒烟翠》

1967 《月满西楼》

1967 《翦翦风》

1969 《彩云飞》

1969 《庭院深深》

1970 《星河》

1971 《水灵》

1971 《白狐》

1972 《海鸥飞处》

1973 《心有千千结》

1974 《一帘幽梦》

1974 《浪花》

1974 《碧云天》

1975 《女朋友》

1975 《在水一方》

1976 《秋歌》

1976 《人在天涯》

1976 《我是一片云》

1977 《月朦胧鸟朦胧》

1977 《雁儿在林梢》

1978 《一颗红豆》

1979 《彩霞满天》

1979 《金盏花》

1980 《梦的衣裳》

1980 《聚散两依依》

1981 《却上心头》

1981 《问斜阳》

1981 《燃烧吧！火鸟》

1982 《昨夜之灯》

1982 《匆匆，太匆匆》

1984 《失火的天堂》

1985 《冰儿》

1989 《我的故事》

1990 《雪珂》

1991 《望夫崖》

1992 《青青河边草》

1993 《梅花烙》

1993 《鬼丈夫》

1993 《水云间》

1994 《新月格格》

1994 《烟锁重楼》

1997 《还珠格格第一部1阴错阳差》

1997 《还珠格格第一部2水深火热》

1997 《还珠格格第一部3真相大白》

1997 《苍天有泪1无语问苍天》

1997 《苍天有泪2爱恨千千万》

1997 《苍天有泪3人间有天堂》

1999 《还珠格格第二部1风云再起》

1999 《还珠格格第二部2生死相许》

1999 《还珠格格第二部3悲喜重重》

1999 《还珠格格第二部4浪迹天涯》

1999 《还珠格格第二部5红尘作伴》

2003 《还珠格格第三部天上人间1》

2003 《还珠格格第三部天上人间2》

2003 《还珠格格第三部天上人间3》

2017 《雪花飘落之前——我生命中最后的一课》

2019 《握三下，我爱你——翩然起舞的岁月》

2020 《梅花英雄梦之乱世痴情》

2020 《梅花英雄梦之英雄有泪》

2020 《梅花英雄梦之可歌可泣》

2020 《梅花英雄梦之飞雪之盟》

2020 《梅花英雄梦之生死传奇》